Ein Single in der Hoffnung auf ein Rendezvous?
Ein Hobbykoch mit Rechtschreibschwäche?
Ein Hausmann mit Putzfimmel?

Zeige mir deinen Einkaufszettel und ich sage dir, wer du bist. Einkaufszettel verraten den Familienstand, unsere Leidenschaften und was es zum Abendbrot gibt. Sie lassen Rückschlüsse zu auf Kontostand, Ängste und geheime Sehnsüchte. Sie separieren den Markenfetischisten vom Billigkäufer, den Genießer vom Fastfood-Konsumenten, den Stammwaren-Kunden vom experimentierfreudigen Werbespotzuschauer. Und jeder einzelne Zettel ist ein kleines Kunstwerk. Die Kunsthistorikerin Sandra Danicke hat sie gesammelt und stellt sie vor: zerknüllte Schätze aus dem echten Leben!

Sandra Danicke wurde 1968 in Frankfurt am Main geboren, studierte dort Kunstgeschichte und promovierte. Nach einer Ausbildung zur Redakteurin begann sie für zahlreiche Kunst- und Kulturmagazine als Redakteurin und freie Autorin zu arbeiten. Aktuell ist sie Korrespondentin beim Kunstmagazin »Art« und publiziert in der »Süddeutschen Zeitung«, der »Frankfurter Rundschau«, der »Zeit« und anderen. Außerdem schreibt sie Bücher und sammelt seit mehr als zehn Jahren Einkaufszettel.

Unsere Adresse im Internet: www.fischerverlage.de

Sandra Danicke

Fußrubbel-ding

Einkaufszettel erzählen vom Leben

FISCHER Taschenbuch

Originalausgabe

Erschienen bei FISCHER Taschenbuch
Frankfurt am Main, März 2013

Satz: Fotosatz Amann, Aichstetten
Druck und Bindung: Kösel, Altusried-Krugzell
Printed in Germany

ISBN 978-3-596-19576-3

Mein erster Einkaufszettel

KEINE AHNUNG, was ich erwartete. Eine persönliche Botschaft? Ein Zeichen? Wohl kaum. Der zerknüllte Zettel sah aus wie tausend andere auch. Er lag im Rinnstein, da liegen viele. Trotzdem hob ich ihn auf, damals im November 2000, glättete ihn sorgsam – und las: »Konstablerwache (Mittwoch): 15 x Kohlwurst für Frau Jäger«. Die Kugelschreiber-Notiz auf einem Blockblatt der Grömitzer Firma Blanca (»Sauberkeit in einer neuen Dimension«) machte mich nachdenklich: Was will Frau Jäger mit so viel Kohlwurst? Bekommt sie Besuch? Und warum gibt es zur Wurst keine Beilage? Schließlich böte der Erzeugermarkt, auf den vermutlich ein Zivildienstleistender zum Einkaufen geschickt wurde, genügend Auswahl an Gemüse, Milchprodukten und dergleichen.

EIN ZWEITER Zettel war mit Tesafilm auf dem Blanca-Blatt befestigt: »Konstablerwache 17.5. / 2 Eißbeine (mittel) Frau Wid / 1 Backe 1 kg Mittlbach«. Ist Mittlbach etwas zu essen (womöglich ist Bauch gemeint)? Der Name des Metzgers? Oder der einer dritten Bewohnerin dieses offenbar Fleisch fixierten Wohnheims? Auch hier: keine Kartoffeln, kein Salat, keine Sahne. Hatte »Bild der Frau« eine Fleischdiät propagiert?

Ich bückte mich abermals und fand ein rosafarbenes Exemplar in DIN-A4-Größe: »Dr. O. 6 x Griespudding / Backin / Paradiescreme Dr. O. / 6 Eier (braun) / Sanella / Haribo / Dickmanns / Girlanden (Papeterie) / Zewa«. Es handelte sich also erneut um eine Anweisung. Diesmal schien es um einen Kindergeburtstag zu gehen. Offenbar hatte Mutter die Liste geschrieben, und Vater ist anscheinend sparsam. Hätte die Gattin nicht ausdrücklich nach Markenprodukten von Dr. Oetker oder Haribo verlangt, hätte sie Küchenrolle geschrieben statt Zewa – er wäre womöglich mit den billigen »Ja«-Produkten nach Hause gekommen. Während ich mir ausmalte, was da los gewesen wäre, dämmerte mir ein Potential. Was ich in Händen hielt, war nur ein kleiner Ausschnitt dessen, was möglich war. Bestimmt existierten entlarvendere Exemplare. Solche, die weit mehr verrieten als den Familienstand, die Strukturen innerhalb Partnerschaften und was es zum Abendbrot gab. Listen, die detailliert über Ernährungsgewohnheiten und emotionale Zustände Aufschluss geben. Ich wollte mehr. Wenn ich nur akribisch genug sammelte, so meine Vorstellung, hätte ich bald ein Psychogramm meines Viertels.

EINKAUFSZETTEL, so schien es mir, sagen viel mehr über einen Menschen aus als Kleidung, Frisur und Benehmen. Sie separieren den Markenfetischisten vom Billigkäufer, den Genießer vom Fastfood-Konsumenten, den Stammwaren-Kunden vom experimentierfreudigen Werbespotzuschauer.

Allein die verschiedenen Ordnungs- und Sortiersysteme sprechen Bände über Charaktereigenschaften und Ticks. Ich las »1 Packung Mehl« und wusste, hier sprach ein Umstandskrämer. »2 mittelgroße Zwiebeln« verrieten mir, dass es sich um einen unsicheren Menschen handelt, der exakt nach Kochbuch kocht. »Zigis«? Herrje, ein extrem entspannter Student. Manche sortierten ihre Warenwünsche nach Geschäften. Andere verwendeten Tipp-Ex. Jeder Zettel entpuppte sich vor meinen Augen als kleines Kunstwerk.

FORTAN WECHSELTE ich die Supermärkte der Gegend. Ich wollte alles wissen. Unterschieden sich Aldi-Käufer von Minimal-Kunden? Welche Zettel fanden sich bei Penny und welche bei Rewe? Die Sache gestaltete sich schwieriger als gedacht. Ich schlurfte den Boden absuchend durch die Tür. Sah ich ein in Frage kommendes Knäuel, bückte ich mich blitzschnell und ließ es in meiner Hosentasche verschwinden. Eventuelle Beobachter hielten mich für krank. Oder sie dachten, ich hätte einen Geldschein aufgehoben, der ihnen zuvor heruntergefallen war. Ich lernte nie, die Blicke zu ignorieren. Hatte ich meine Waren gekauft, trug ich den Bon stets zum Altpapierbehälter, in der Hoffnung, darin unauffällig herumstöbern zu können. Meist ohne Erfolg. Einkaufszettel liegen auf dem Boden vor oder unter zurückgebrachten Einkaufswagen. Oder sie liegen im Einkaufskorb. Ergatterte ich einen gleich beim Hineingehen, war der Tag gerettet.

DEN UNTERSCHIED zwischen zerknüllten Bons und Produktlisten hatte ich relativ schnell raus, Letztere waren meist dicker und legten dadurch ein anderes Knäuelverhalten an den Tag. Es kam auf die Anzahl der Knicke und Brechungen an. Oder sie waren dünner, dann handelte es sich um Kneipenblockpapier mit Bierwerbung drauf. Es passierte mir nur ein einziges Mal, dass ich ein vollgerotztes Taschentuch aufhob. Als ich es auf den Boden zurückwarf, erntete ich unwillige Blicke.

EINMAL SAH ich einen Mann, der mit zwei mit Filzstift beschrifteten DIN-A4-Blättern suchend vor den Regalen stand. Begierig schielte ich auf seine Blätter. Ich pirschte hinter ihm zur Kasse, blieb in seiner Nähe, als er die Waren in zwei großen Plastikbeuteln verstaute, folgte ihm noch ein kurzes Stück auf die Straße – umsonst. Die Zettel landeten in der Innentasche seines Lederjacketts. Den Mann habe ich nie mehr gesehen. Aber insgeheim hoffe ich bis heute, eines Tages einen seiner mit dicken Blockbuchstaben beschrifteten Zettel als Trophäe in Händen zu halten. Ob meine Jagd dann zu Ende wäre? Vermutlich nicht. Man weiß schließlich nie, ob nicht irgendwo noch ein schrägeres, aussagekräftigeres Fundstück lauert. Vielleicht gleich hier unten vor meiner Haustür.

Einkaufszettel
erzählen vom Leben

ES SOLL also Schnitzel mit brauner Soße serviert werden. Bloß: Wo kommt die her, die Soße? Und wie heißt die im Laden? Vielleicht »Soße zum Braten«? Oder »Bratensaft«? Und muss man in gekaufte Bratensoße noch »Mondamin für braune Soße« schütten? Oder tut es auch Suppe? Menschen, die etwas vom Kochen verstehen, erscheint es natürlich völlig unsinnig, die »Schnitzel« erst mit »Semmelbrösel« zu panieren, um sie hinterher in Soße zu ertränken. Vermutlich handelt es sich um einen pensionierten Chemielehrer, der das Experiment Küche mit einer aufwendigen Versuchsreihe startet. Jetzt, da seine Frau entnervt zu ihrer Mutter geflüchtet ist, kann er auch endlich das Projekt »Toilettenpapier« intensivieren. 17 unterschiedliche Papiersorten hat er bereits auf Griffigkeit, Reißfestigkeit und Saugkraft untersucht, aber es gibt ja noch so viele mehr.

BILDTRÄGER: gelber Post-it-Zettel mit umgeknicktem Arzneiwerbedruck »Uniphyllin – Terbu destal – Muco destal« **STIFT:** schwarzer Faserschreiber **SCHRIFT:** instabile Druckschrift **ZUSTAND:** verknickt **SORTIERUNG:** Kolonne, vorne linksbündig

Semmelbrösel
Soße zum Braten
Bratensaft
Mondamin für braune Soße
Kartoffeln
4 Schnitzel
Suppenfleisch
Suppengemüse

DIE ZAHLENKOLONNE am linken Rand lässt die Liste wie das Werk einer übereifrigen Buchhalterin erscheinen. Zahlen sind ihre Welt. Um mehr Raum für 1, 3 oder 17 zu schaffen, lässt sie am linken Rand reichlich Platz. Kann ja sein, dass sich plötzlich herausstellt, dass man statt »1 Frischkäse« »41 Frischkäse« braucht. Mit Grammatik hingegen steht sie auf Kriegsfuß. Wie hieß noch gleich die Mehrzahl von Kartoffel? Und der Plural von Apfelglas?

Bildträger: karierter Ringbuch-Ausriss **Stift:** blauer Faserschreiber **Schrift:** Schreibschrift mit ausgeprägten Trennungen der Buchstaben **Zustand:** ein Knick in der Mitte **Sortierung:** linksbündig mit Rechtsdrall

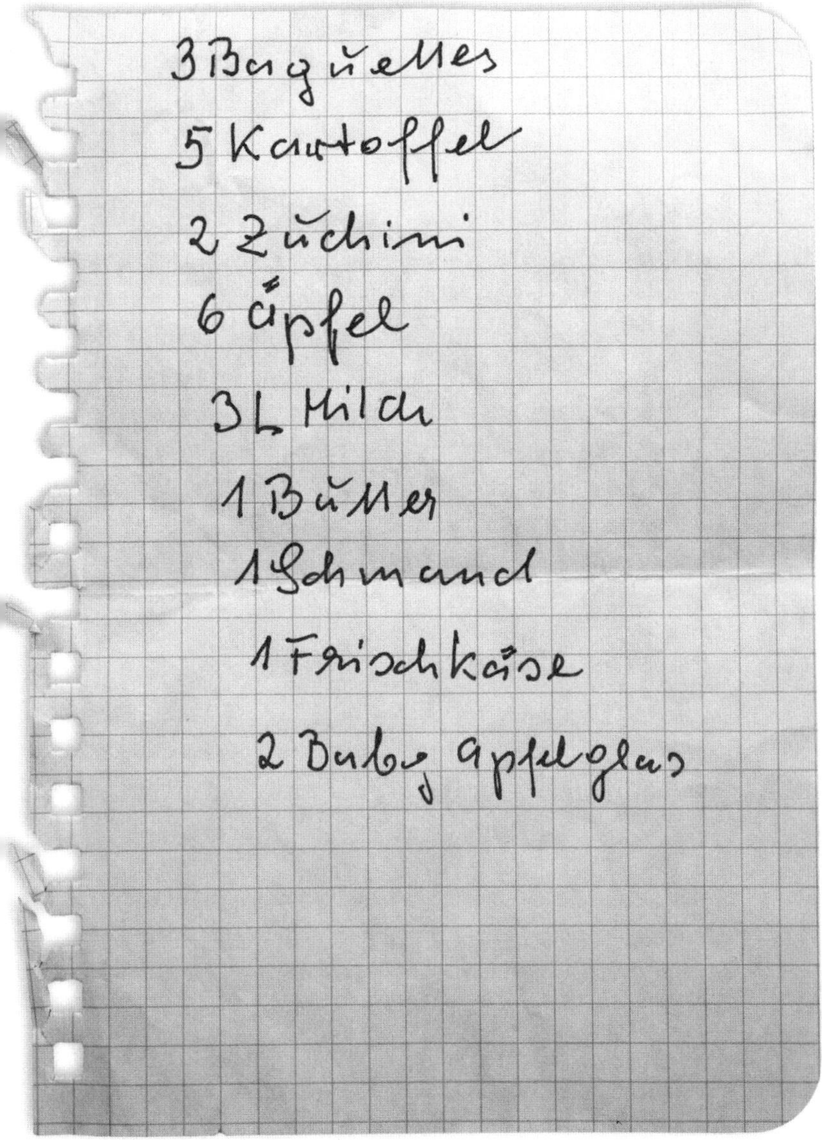

3 Baguettes
5 Kartoffel
2 Zuchini
6 äpfel
3 L Milch
1 Butter
1 Schmand
1 Frischkäse
2 Baby apfelglas

DEN AUTOR treibt ein manisches Verlangen nach Milchprodukten. Allein das Notieren von »Kefir«, »Milch«, »Joghurt« und »Frischkäse« löst in ihm eine freudige Erregung aus, die er durch das Hinzufügen (und nachträgliche Erhöhen) von Mengenangaben noch zu steigern sucht. Vergleichsweise nachlässig und lustlos sind die übrigen Produkte notiert. Bekanntermaßen führt Eiweißmangel zu körperlicher Schwäche sowie Konzentrationsstörungen, was die nachlässige Schrift und die fehlerhafte Endung der »Spülschwämme« erklären könnte.

Bildträger: kariertes Blatt eines Werbeblocks der Firma »Udo Jungels – Feuerschutz & Sicherheit« **Stift:** Kugelschreiber **Schrift:** fahrig **Zustand:** zerknüllt, Blatt wurde halbiert **Sortierung:** konfus

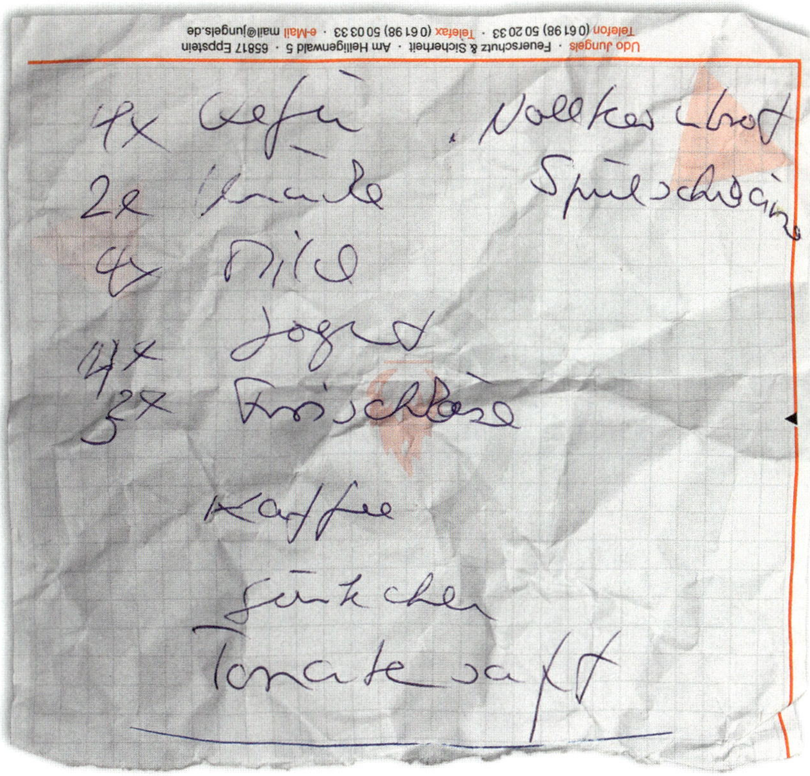
Udo Jungels · Feuerschutz & Sicherheit · Am Heiligenwald 5 · 65817 Eppstein
Telefon (0 61 98) 50 20 33 · Telefax (0 61 98) 50 03 33 · e-Mail mail@jungels.de

4x Kefir
2x [illegible]
4x Milch
4x Joghurt
3x Frischkäse
Kaffee
Gürkchen
Tomatensaft

Vollkornbrot
Spülschwämme

DIESER ZETTEL ist ein Gemeinschaftswerk. Bei den roten Häkchen der Vorderseite handelt es sich allerdings keineswegs um eine Markierung für bereits besorgte Produkte. Man hat eher den Eindruck, hier habe jemand eine Klassenarbeit korrigiert, wobei richtige Angaben abgehakt, fehlerhafte durchgestrichen oder verbessert wurden. Punktabzug gab es für die Doppelung von »Salat« und die unvollständige Nennung von »Toilettenpap.«. Ebenfalls negativ bewertet wurden vage Ausdrucksweisen (»evtl.«) sowie Auslassungsfehler (»Stückchen«).

AUF DER (noch unkorrigierten) Rückseite haben sich mindestens drei Autoren verewigt. Wobei der ausgeprägte Sparzwang (Mehrfachverwendung des Zettels), das »Grahambrot« und eine »Vitamincreme« gegen Falten auf eine Senioren-WG mit klaren Hierarchien hindeuten.

Bildträger: grüner Blockzettel **Stift:** diverse Kugelschreiber, blau, rot, schwarz **Schriften:** unterschiedlich **Zustand:** glatt, beidseitig beschriftet, teilweise durchgestrichen **Sortierung:** Kolonne, vorne linksbündig, hinten teils mittig

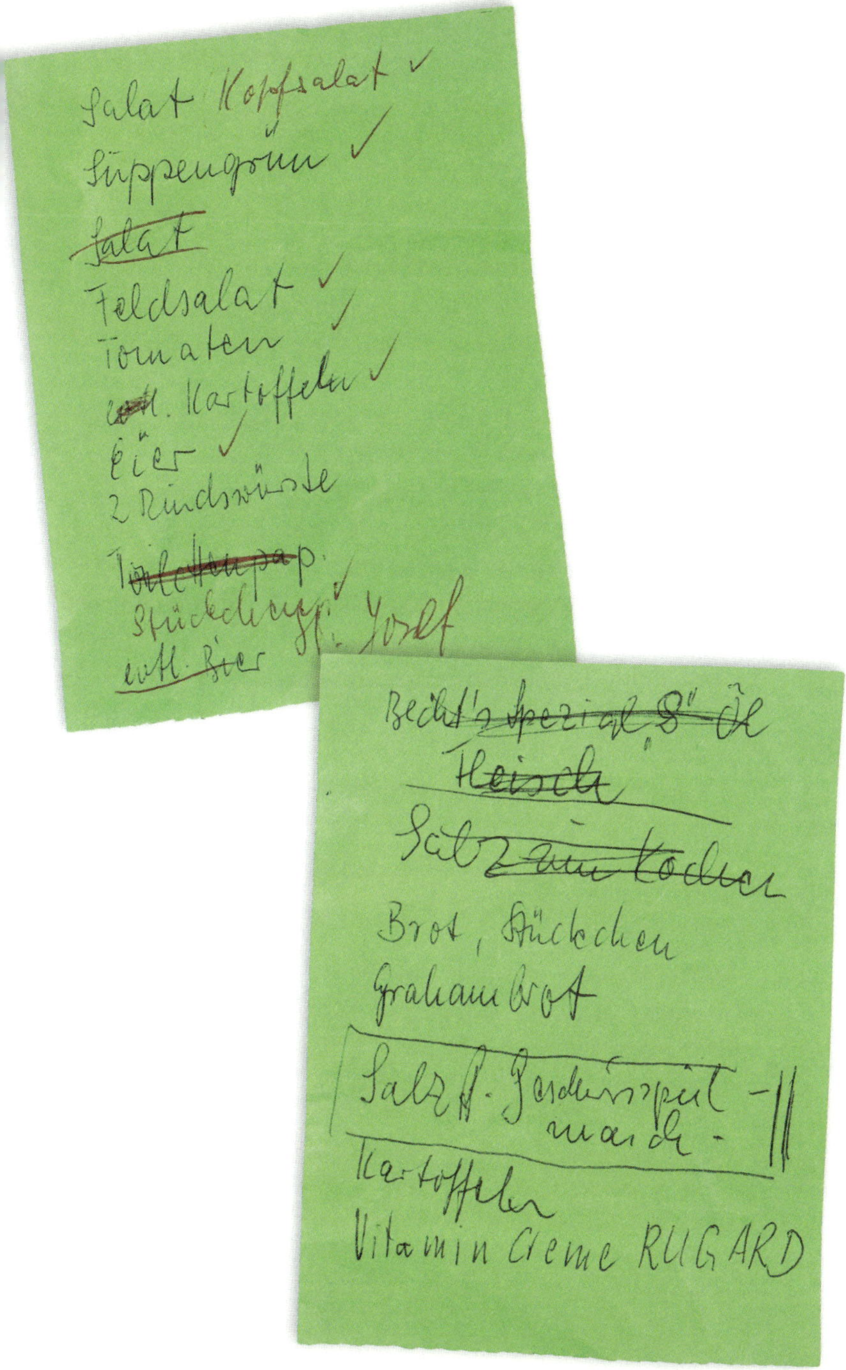

Salat Kopfsalat ✓
Süppengrün ✓
~~Salat~~
Feldsalat ✓
Tomaten ✓
~~evtl.~~ Kartoffeln ✓
Eier ✓
2 Rindswürste
~~Toilettenpap.~~
Stückchen ✓ f. Josef
~~evtl. Eier~~

~~Becht's Spezial „8" Öl~~
~~Fleisch~~
Salz ~~zum Kochen~~
Brot, Stückchen
Grahambrot
Salz f. Geschirrspül-maschine
Kartoffeln
Vitamin Creme RUGARD

»TOASTBR.«? Wieso schreibt derjenige nicht einfach Toast? Und wenn er sich schon für das distinguierte Toastbrot entscheidet, wieso zieht er das dann nicht konsequent durch? Angst vor der eigenen Courage? Das Gleiche gilt für »Leckermäul.«: Fruchtquark hätte es doch auch getan. Aber nein. Augenscheinlich handelt es sich um einen ungeduldigen Gernegroß, der hehre Pläne hegt, dann aber nichts zu Ende bringen kann. Einer, der erst großspurig seine Hermann-Hesse-Werkausgabe verschenkt, weil er für sein neues Leben in einem thailändischen Buddhistenkloster keine Besitztümer mehr brauchen wird, um sie nach zwei Wochen Pattaya kleinlaut zurückzufordern.

Bildträger: Ausriss aus bedrucktem Firmenbriefpapier, rückseitig verwendet **Stift:** schwarzer Kugelschreiber **Schrift:** die unterbrochene Schreibschrift verweist auf Wankelmütigkeit **Zustand:** glatt mit Reißkante **Sortierung:** Kolonne, linksbündig

Toastbrot.
Leckermäul.

EIN UMSTANDSKRÄMER, wie er im Buche steht. Hätte »Tempos« nicht auch gereicht? Und wie viel bitte soll »1 x Pfeffer« sein? Er gehört zu der Sorte Mensch, die den Kartoffelsalat jedes Mal in eine kleinere Schüssel umfüllt, nachdem er etwas davon gegessen hat. Er neigt zu langatmigen Wegbeschreibungen, und seine Witze versieht er mit so vielen Einschüben, dass man bei der Pointe schon gar nicht mehr weiß, worum es eigentlich ging. Vermutlich hat er einen ausgeprägten Hygienefimmel (»neuen Putzlumpen«) und einen Hang zu irrationalen Handlungen mit Zwangscharakter, etwa das akkurate Kleinfalten von Einkaufszetteln.

Bildträger: karierte Schulheftseite, abgeschnitten **Stift:** Kugelschreiber **Schrift:** verkrampft **Zustand:** kleingefaltet **Sortierung:** linksbündig

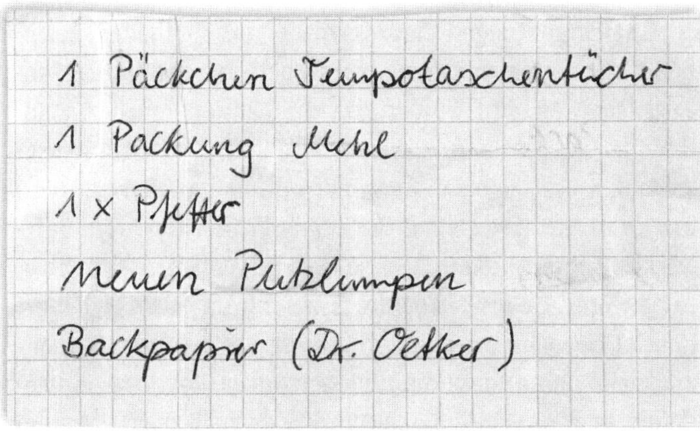
1 Päckchen Tempotaschentücher
1 Packung Mehl
1 x Pfeffer
neuen Putzlumpen
Backpapier (Dr. Oetker)

EIN MENSCH, der in Assoziationsketten denkt: Bestimmt steht in der Morgenpost wieder so gruseliges Zeugs, dass Johanniskraut gegen Depressionen nicht schaden kann. Steht die Laune erst mal, kann auch das lästige Laptop-Aussuchen erledigt werden, für die kleinen Tabellen empfehlen sich optimal präparierte Sehhilfen. Neigt zu überraschenden Vorträgen, die von der optimalen Art Fleisch zu braten zu einer Erörterung des Für und Wider von Atomkraftwerken führen können. Seine Einkaufsnotizen schreibt er für gewöhnlich auf Zettel, die einen informativen Mehrwert haben. So erinnert ihn der Abreißblock seiner Stammapotheke daran, dass die dort gekauften Kondome einmal defekt gewesen sein müssen und er deshalb noch Babybrei mitbringen muss.

Bildträger: Hotel-Block »Baja Hotels« **Stift:** Kugelschreiber **Schrift:** zackig, selbstbewusst **Zustand:** leichte Knitterspuren **Sortierung:** linksbündig

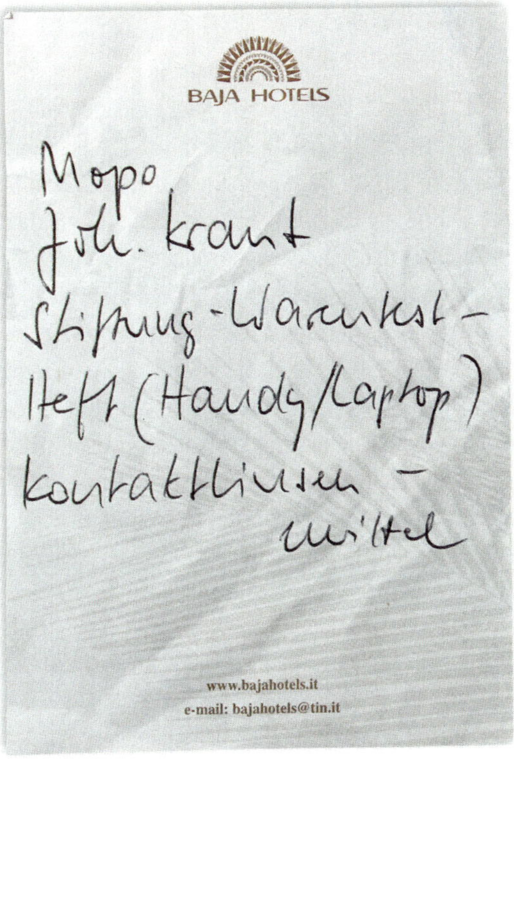
BAJA HOTELS

Mopo
Joh. krant
Stiftung-Warentest-
Heft (Handy/Laptop)
Kontaktlinsen-
mittel

www.bajahotels.it
e-mail: bajahotels@tin.it

SIE NIMMT es mit den Details nicht so genau. Deshalb schreibt sie ihre Einkaufslisten auch auf Zettel, die eigentlich ihrem Arbeitgeber gehören. Auch bei Freunden leiht sie sich gerne Dinge aus. Bei CDs fehlt anschließend das Cover, und in den Büchern finden sich Marmeladeflecken. Menschen, die sie darauf aufmerksam machen, findet sie spießig. Genauso wie diejenigen, die schon vor dem Gang zum Supermarkt wissen, ob sie nun süß oder salzig lecker finden. Sie will alles ganz spontan entscheiden. Eigentlich hasst sie To-do-Listen jeder Art, hat aber einen Hang zur Vergesslichkeit. Ihre Shopping-Notizen schreibt sie zur Not auch auf einem nicht abgegebenen Überweisungsträger oder auf die Buchseite, die aus einer geliehenen »Zauberberg«-Erstausgabe herausgerissen wurde.

Bildträger: Post-it-Klebezettel **Stift:** diverse **Schrift:** unkonzentriert **Zustand:** verknäuelt **Sortierung:** konfus

Aldi

WAS KLINGT wie das Erinnerungsprotokoll eines pensionierten Lebensmittelmarktleiters, der noch heute die fleischarmen Kriegsjahre kompensiert, ist in Wahrheit das Werk eines hoffnungslosen Nostalgikers jüngeren Alters. Hier will jemand mit aller Macht verloren geglaubte Kindheitsgefühle heraufbeschwören. Dazu benutzt er den alten Geha-Füller aus der 5b. Leider sind nur noch diffuse Erinnerungen an einen weiß-roten Schriftzug und rosafarbene Wurst im Gedächtnis gespeichert. Aber, verdammt nochmal, eine von diesen Schinkensorten muss doch der Belag sein, den Mutter damals auf die Schulbrote legte, die stets ein wenig nach Handcreme geschmeckt haben. Ähnlich verbissen versucht er bei eBay die fehlenden Paninibildchen aus seinem Captain-Future-Sammelalbum von 1981 zu ergattern. Klappt bestimmt. Das Nena-Kissogram aus der Bravo hat er schließlich auch aufgestöbert.

Bildträger: Telenorma-Block, achtziger Jahre **Stift:** Füllfederhalter **Schrift:** erst locker, dann immer verbissener **Zustand:** Knickspuren **Sortierung:** linksbündig

i-punkt

TN-Seminare

...der Punkt auf den es ankommt

gekochter Schinken
30 g - 1 g Fett

westf. Kochschinken
v. Heta

Westf. Saftschinken

Farmerschi Heta, Puten

Truthahnbrust geräuchert

Truthahngrillbrust v. Heta

NORMALERWEISE GEHT sie ja selbst einkaufen, doch seit sie sich den Fuß verknackst hat, ist sie auf ihren Gatten angewiesen. Dessen Einkäufe haben in der Vergangenheit Anlass zur Kritik gegeben (Hörzu von letzter Woche, verfallene Bockwürste im Zehnerpack), weshalb sie ihre Einkaufszettel in Druckbuchstaben auf dicke Blätter malt. Sie ist der klassische Kontrollfreak, macht am liebsten alles selbst und beschwert sich hinterher, dass sie alles selbst machen muss, weshalb sie im Büro auch Mutter Teresa genannt wird. Im Restaurant mäkelt sie am Essen, und war der Klempner im Haus, schimpft sie mit Kennermiene über den Pfusch unter der Spüle. Hält lange Vorträge darüber, dass Zewa besser saugt als Kleenex und Doktor Berzelmeier der einzig wahre unter den Chiropraktikern ist.

Bildträger: dickes Papier, seitlich gerissen **Stift:** schwarzer Kugelschreiber **Schrift:** Wechsel von Blockschrift zu Schreibschrift **Besonderheiten:** Anweisungen, Unterstreichungen **Zustand:** leichte Knicke **Sortierung:** linksbündig

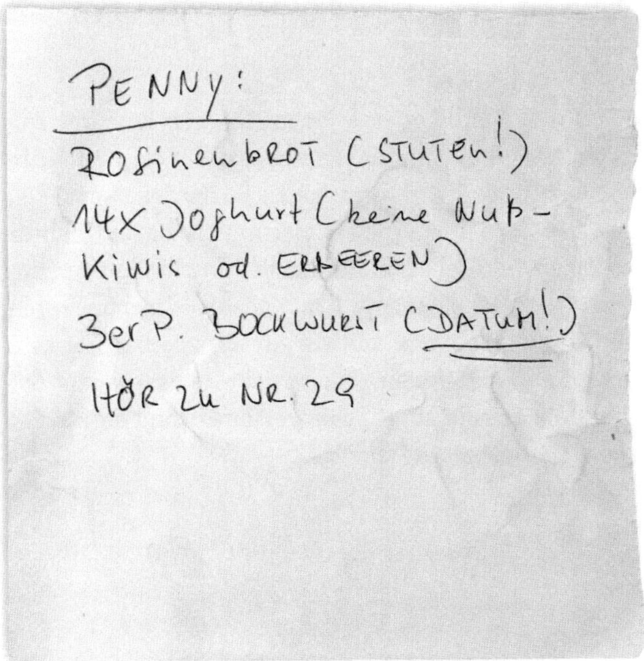

PENNY:

ROSINENBROT (STUTEN!)

14x Joghurt (keine Nuß-
Kiwis od. ERDBEEREN)

3er P. BOCKWURST (DATUM!)

HÖR ZU NR. 29

OFFENBAR STEHT dieses junge Mädchen kurz vor dem »Ersten Mal« und ist unsicher, was man für solche Fälle im Haus haben sollte. Kosmetikartikel reichen womöglich nicht aus, um den anvisierten Herrn in Stimmung zu bringen. Ob ein »Gürtel« wohl für die gewünschte Knisterstimmung sorgt? Der »Playboy« kann jedenfalls nicht schaden. Auch frisurentechnisch will sie auf alles vorbereitet sein. Macht ihn »Big Hair« an, kommt das »Haarspray« zur Geltung, steht er mehr auf Hippieaccessoires, sorgt die »Strickkappe« für erotisches Flair?

Bildträger: Hotelblock »Meliá Bali« (rückseitig benutzt) **Stift:** Faserschreiber **Schrift:** mädchenhaft mit unordentlicher Kolonne **Besonderheiten:** verwendet Kommas und Fragezeichen **Zustand:** abgenutzt, mittig geknickt **SORTIERUNG:** linksbündig mit Abstand

Wimperntusche, Kaja,
Nivea Nachtcreme,
Zahnbürste
Strickkappe
Playboy

Lebkuchen?
Haarspray
Gürtel?

WAS FÜR ein Wichtigtuer! Hier versucht jemand den Anschein massiver Aufgeräumtheit und bester Vorbereitung zu erwecken. Seinen Einkaufszettel gliedert er wie ein Thesenpapier, mit Haupt- und Unterpunkten, die zentralen Aussagen sind unterstrichen. Was aussieht wie ein Stichwortzettel für ein eigentlich frei zu haltendes Referat, dient der Organisation einer Silvesterfeier (»Knaller«, »Sekt«). Leider entpuppt sich der große Plan bei genauer Betrachtung als ziemlich mickrig und voller Wiederholungen. Es soll Hamburger geben und Alkohol, wobei das Fleisch offenbar erst am Samstag (SA), der Rest aber bereits am Freitag (FR) besorgt werden soll. Auch der Nachtisch fällt mit (getrocknetem) Obst ziemlich dürftig aus. Wichtige Details wie die Mengenangaben fehlen fast vollständig. Ein Aufschneider, der einen stundenlang mit selbstgefälligen Behauptungen zutextet und den Abschluss seines Sozialpädagogikstudiums auch nach dem vierzehnten Semester nicht hinkriegt.

Bildträger: weißes Kopierpapier, mittig gefaltet **Stift:** blauer und schwarzer Kugelschreiber **Schrift:** lässig **Besonderheiten:** Unterstreichungen, zusätzliche Angaben in Klammern **Zustand:** Falt- und Knitterspuren **Sortierung:** diffus

- 1,5 kg Rinderhackfleisch (SA)

- Salat: grün (Mau)
  Tomaten

- Tomaten, Zwiebeln, Pepperoni
  (FR)
  - Ketchup (Mew
  - Senf Mau)
  - scharfe Ketchup

- Hamburger Brötchen (FR)

  - Sekt / Champagner
  - Bier (Mew, Mau)

- Knaller
- Sekt - Waschmittel
- Rinderhackfleisch
- Salat
- Äpfel / Birnen / Aprikosen getrocknet

HIER HABEN wir es mit einem Gemütlichkeits-Fetischisten zu tun, einem, der es gerne langsam angeht und dabei viel, viel nachdenkt. Zum Nachdenken braucht er natürlich Pausen. Teepausen, Kaffeepausen, Brötchenpausen und eigentlich noch eine Tortenpause. Dumm nur, dass er in der Apotheke gerade das Rezept für den Cholesterin-Hemmer eingelöst hat. Das hat ihn irgendwie nachdenklich gemacht. Das Ergebnis langer Denkpausen: keine Schwarzwälder! Stattdessen Reißnägel. Mit denen lassen sich die ganzen Denkzettel mit den guten Vorsätzen an der Pinnwand festmachen.

Bildträger: gelber Werbezettelblock der Malteser Apotheke mit Aufdruck »Bernemer Denkzettel« **Stift:** schwarzer Kugelschreiber **Schrift:** große Druckschrift mit ausgeprägten Abständen **Zustand:** Falt- und Knitterspuren **Sortierung:** linksbündig mit trennender Linie

BERNEMER DENKZETTEL

Teepause
Milch, Sahne
Brötchen
Kaffee
Tempos
Hackfleisch
~~Schwarzwalder~~

Reisnägel

HIER SCHREIBT ein alleinstehendes Sparbrötchen, das seine Einkaufszettel nicht nur vom Arbeitsplatz mitbringt, sondern sie gleich mehrfach verwendet. In seinem Kopf herrscht ein beachtliches Chaos, und die Einkäufe ziehen sich entsprechend in die Länge, muss er doch erst vom Hundefutterregal zum Brotstand, über die »Getränke« zum »Nutella« laufen, von dort aus wieder zum »Obst« und immer so weiter. Als er zum zweiten Mal beim Brotstand steht, fällt ihm auf, dass das »Brot« ja längst im Einkaufswagen liegt. Eigentlich ist ihm Ernährung auch völlig egal. Irgendein Tiefkühlzeug, irgendein Knabberkram, wen interessiert schon Essen? Zum Kochen hat er weder Lust noch Zeit. Nutellabrote sind doch im Nu geschmiert. Schließlich hat er noch wichtige Computerarbeit zu erledigen. Irgendwie muss Level 70 bei »World of Warcraft« doch zu knacken sein.

Bildträger: karierter Werbezettelblock der Firma »Norma Group« **Stift:** blauer Kugelschreiber **Schrift:** steile Druckschrift **Zustand:** Falt- und Knitterspuren **Sortierung:** Mischung aus Kolonne und voller Zeilenausnutzung, mit Kommata

Notizen

~~Lise-Meitner-~~Straße
~~34~~

Hundefutter, Brot
Getränke,
Nutella, Obst, Brot
Kaffee, Tiefkühl,
Käse, Eier, Schoki,
Chips,

SEIN LEBEN hat der Schreiber dieses ergreifenden Lautgedichts den schönen Künsten gewidmet. Inspiration findet er im Alltag überall. Aus Kartoffelpüree knetet er kleine Landschaften, aus alten Milchtüten bastelt er Skulpturen und einen Soßenfleck auf der Tischdecke ergänzt er mit Rotweinsprenkeln zu einem Gemälde à la Jackson Pollock. Selbst ein banaler Einkaufszettel mit Drogerieartikeln verwandelt dieser Autor in ein Dadagedicht mit Überschrift. Wer an seiner Wohnungstür vorbeigeht, kann ihn allabendlich lauthals deklamieren hören: »ZaBÜÜH! TaTÜÜH! WaMIEH!«

Bildträger: weißer Abreißblock **Stift:** schwarzer Filzstift **Schrift:** impulsive Druckschrift **Zustand:** kaum Knickspuren **Sortierung:** linksbündig mit Überschrift

DM

Zabü + Zapa
Tatü
Wami
Mütü (30 l)

IHR IST alles egal. Ohne zu überlegen schreibt sie auf ihren Einkaufszettel, was man da eben so draufschreibt als Mitteleuropäerin: »Obst«, »Gemüse«, »Wurst«, »Käse«. Vorlieben? Pfffh. Sorten? Wen interessieren schon Käsesorten, wenn man gerade einen Korb vom schönen Robert gekriegt hat? Andererseits: Vielleicht war sein Telefon ja wirklich zwei Monate lang kaputt. Und womöglich schickt seine Firma ihn tatsächlich ab sofort für zehn Wochen nach Timbuktu. Kann doch sein. Und hat er nicht gesagt, er melde sich vielleicht bei Gelegenheit mal irgendwann? Am besten testet sie bis dahin schon mal das Nudelrezept aus dem chinesischen Kochbuch. Und die »Pille«. Für alle Fälle.

Bildträger: rosafarbener Post-it-Zettel **Stift:** blauer Kugelschreiber **Schrift:** klein, rund, unsicher **Zustand:** zerknäuelt **Sortierung:** größtenteils linksbündig

Milch
Obst
Gemüse
Wurst
Käse
Klopapier
Küchenrolle
Wasser
Cola

China nudeln

Pille

DIESE DAME ist leicht zu beeinflussen. Nicht nur den Versprechungen der Werbung ist sie nahezu hilflos ausgeliefert, sie lässt sich vermutlich auch wahllos Aktien andrehen. Nein sagen ist nicht gerade ihre Stärke, und das gilt womöglich nicht nur für Süßigkeiten, sondern auch für Zeitschriftenabonnements und die jeweils aktuellsten Vertragsangebote der Telefonanbieter. In ihrem Haushalt befinden sich neben zahlreichen Wunderputzmitteln aus den Dauerwerbesendungen auch diverse Diätpülverchen und -tabletten sowie eine Europalette voller Hair Conditioner zum Sonderpreis.

Bildträger: Aktienbeleg, halbiert und rückseitig benutzt **Stift:** Bleistift **Schrift:** große Lücken innerhalb der Wörter verweisen auf ein schlecht ausgeprägtes Selbstwertgefühl **Zustand:** mehrfach gefaltet, seitlich gerissen **Sortierung:** linksbündig, in zwei Abteilungen mit Überschriften

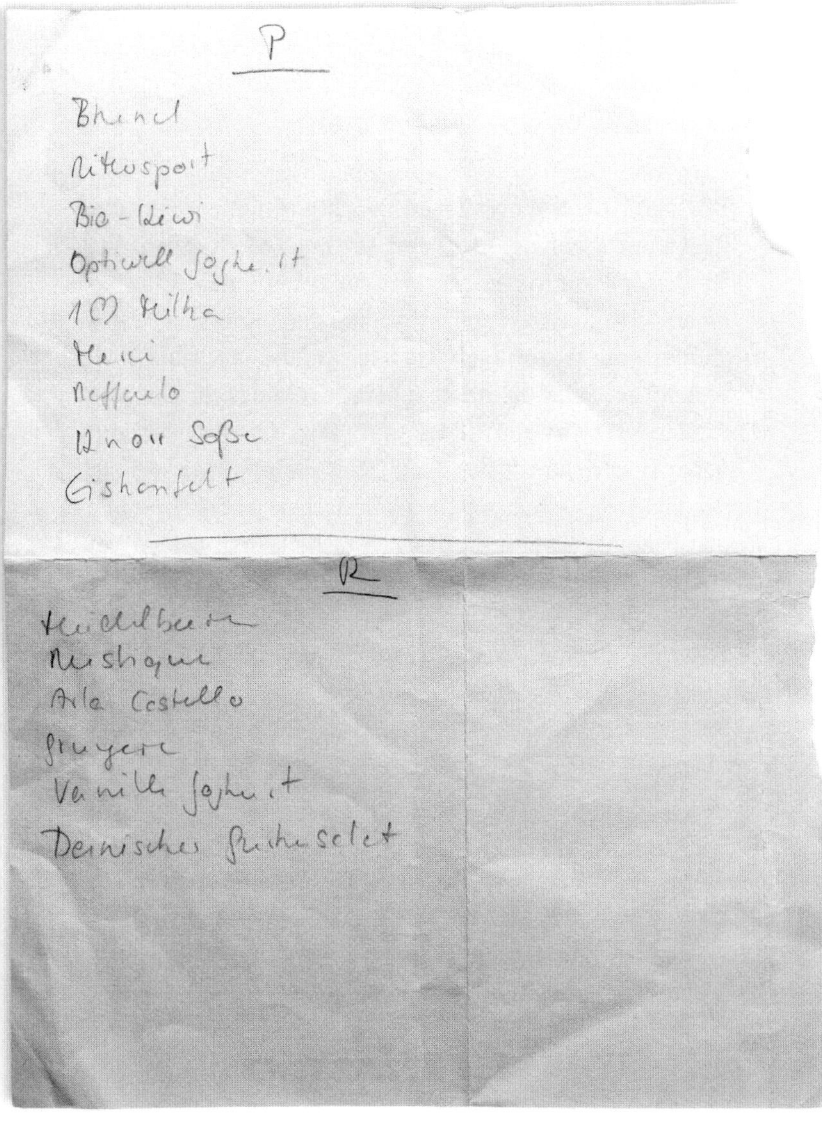
P
Brunch
Ritter Sport
Bio-Kiwi
Optiwell Joghurt
1 ♡ Milka
Merci
Raffaello
Knorr Soße
Eiskonfekt
R
Heidelbeeren
Rustique
Arla Castello
Gruyere
Vanille Joghurt
Dänisches Gurkensalat

DEN AUTOREN dieses Zettels möchte man nicht zum Chef haben und schon gar nicht zum Partner. So geltungssüchtig ist dieser Mann, dass er sogar für seine Einkaufsnotizen einen übergroßen Pappzettel braucht. Normales Papier würde seine jähzornigen Ausstreichungen auch gar nicht verkraften. Seine Meinung ändert er sekündlich: Erst muss es vier-, dann zweimal Käse sein, dann findet er plötzlich Gedankenstriche vor den Produkten wichtig. Man will sich gar nicht vorstellen, welche cholerischen Anfälle er im Laden bekommt, wenn die Fischhäppchen nicht seinen Vorstellungen entsprechen.

Bildträger: dünne Pappe, DIN A5 **Stift:** Bleistift **Schrift:** chaotisch mit separierender Mittellinie **Zustand:** zweimal geknickt **Sortierung:** linksbündig **Besonderheit:** heftige Ausstreichungen, separierender Mittelstrich

~~[illegible]~~
Wasser
Schoko

2x Baguette
Sekt
2x K[illegible]

Peperoni

Fischhäppchen

Oliven

~~Rotkohl~~
- Salat
- Dips
- ~~[illegible]~~
- Kresse
- Petersilie

Schuhe für Peter

Bank

Verwandte

DIESEN MANN treibt ein kaum zu stillendes Verlangen nach Fleischprodukten. Wie im Rausch notiert er eine Wurstsorte nach der anderen, auch »Erbseneintopf« ist ja normalerweise mit Speck und Würstchen angereichert. Hinterher bereut er regelmäßig sein Suchtverhalten und versucht mit nachträglich hinzugefügten Mengenbeschränkungen und Standardprodukten wie »Milch« und »Schokolade« seine Gier zu kaschieren. Doch wozu? Seine Frau glaubt ihm seine ständigen Diätbeteuerungen ohnehin längst nicht mehr. Seine Freunde schätzen sein Fachwissen am Grill und freuen sich jedes Mal auf den mitgebrachten Wurstsalat.

Bildträger: weißer Zettel **Stift:** schwarzer Kugelschreiber **Schrift:** kindliche Schreibschrift **Zustand:** mittig geknickt **Sortierung:** linksbündig

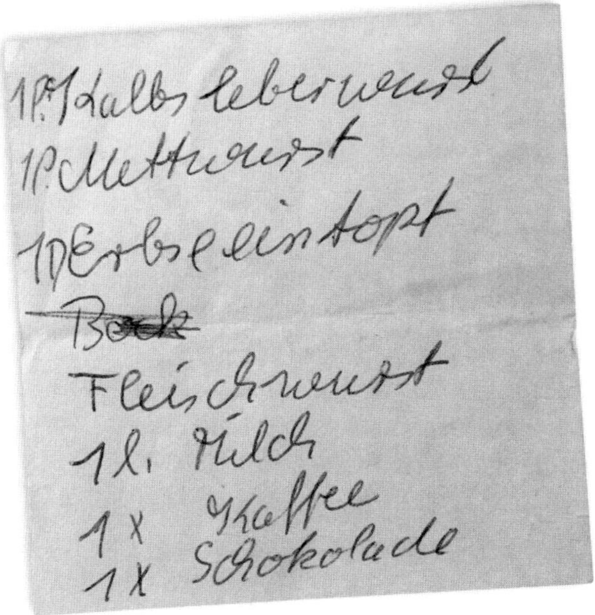
1P. Kalbsleberwurst
1P. Mettwurst
1P. Erbseeintopf
Fleischwurst
1 l. Milch
1 x Kaffee
1 x Schokolade

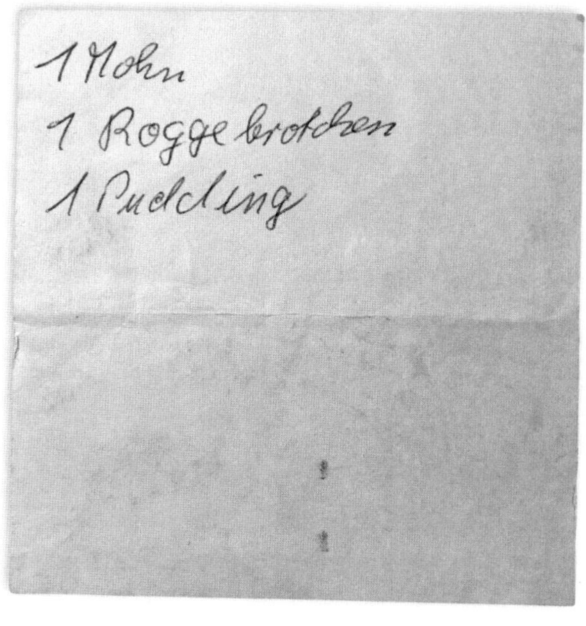
1 Mohn
1 Roggebrötchen
1 Pudding

GAB ES ein Leben vor der Geburt ihrer Söhne? Sie kann sich beim besten Willen nicht mehr daran erinnern. Seit die Jungs auf der Welt sind, dreht sich alles um sie. Sämtliche Prospekte werden nach Kleinkinderkleidung durchforstet, und in der Apotheke kauft sie fast täglich Bauchweh-Tee, Kinder-Hustensaft oder Heftpflaster mit Nilpferden drauf. Dass es bei Aldi und Lidl auch Lebensmittel für Erwachsene gibt, hat sie fast schon vergessen.

Bildträger: Werbezettelblock der Linden-Apotheke mit Aufdruck »Einkaufszettel« **Stift:** schwarzer Kugelschreiber **Schrift:** rund und liebevoll **Zustand:** mittig gefaltet **Sortierung:** linksbündig mit Ladensortierung

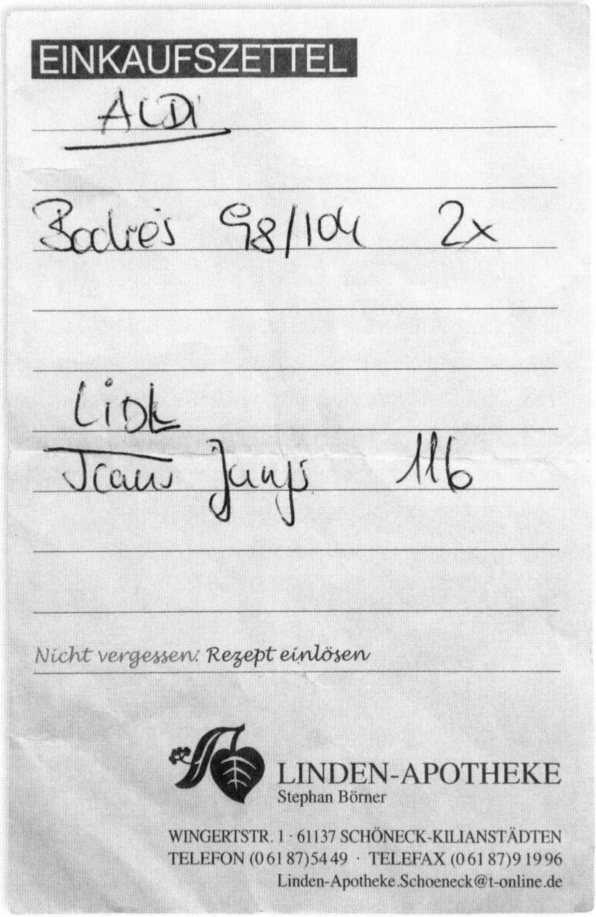
EINKAUFSZETTEL
ALDI
Bodies 98/104 2x
LIDL
Jeans Jungs 116
Nicht vergessen: Rezept einlösen
LINDEN-APOTHEKE
Stephan Börner
WINGERTSTR. 1 · 61137 SCHÖNECK-KILIANSTÄDTEN
TELEFON (0 61 87) 54 49 · TELEFAX (0 61 87) 9 19 96
Linden-Apotheke.Schoeneck@t-online.de

SIE HAT'S gerne schön. Richtig schön. Gibt es etwas Schöneres als die Farbe Pink? Selbst »Schwämme« und »WC-Steine« werden ja heutzutage in Pink hergestellt – passend zum Spülmittel mit der Duftnote Oriental Pink und den American Nails im Farbton Crazy Neon Pink. Nur schade, dass es kein pinkfarbenes Essen gibt. Obwohl: mit »Roter Beete« lässt sich bestimmt einiges anstellen.

Bildträger: weißes Blatt vom Abreißblock mit pink-orangefarbenem Rand **Stift:** pinkfarbener Faserstift **Schrift:** rund, weiblich **Besonderheit:** Punkte vor den Produkten **Zustand:** mehrfach vertikal geknickt **Sortierung:** linksbündig in drei Abteilungen

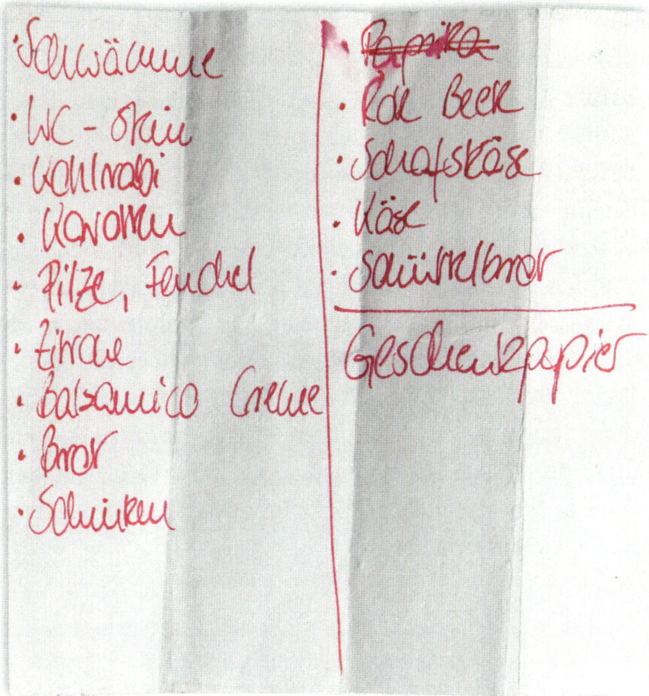

- Schwämme
- WC-Stein
- Kohlrabi
- Karotten
- Pilze, Fenchel
- Zitrone
- Balsamico Creme
- Brot
- Schinken

- ~~Paprika~~
- Rote Beete
- Schafskäse
- Käse
- Schwarzbrot

Geschenkpapier

DIESE FRAU kann sich einfach nicht entscheiden. Soll es nun »Nudeln« mit »Ketchup« geben oder »Wirsing + Hackfleisch«? Will sie »Joghurt« oder doch »Naturjoghurt«? Lieber Brot kaufen oder selbst backen? Und wie sieht es mit »Cola« aus? Ja? Nein? Vielleicht? Oder vielleicht doch ja? Eigentlich sprudelt sie vor Ideen. Aber dann plagen sie regelmäßig Zweifel. Eine orangefarbene Wohnzimmerwand? Cool. Oder sieht grün besser aus? Oder gelb? Ein Urlaub auf Kreta? Korsika? Oder doch lieber am Gardasee? Sie ist ein Opfer ihrer Launen. Auch ihren Partner terrorisiert sie mit ihren ständigen Stimmungsumschwüngen. »Tut mir leid, Schatz, aber ich glaube, die Schrankwand sieht da hinten irgendwie besser aus.«

Bildträger: weißes Blatt vom Abreißblock **Stift:** blauer und schwarzer Kugelschreiber **Schrift:** Mischung aus Druck- und Schreibschrift **Besonderheit:** zahlreiche Produkte in Klammern **Zustand:** mehrfach horizontal geknickt **Sortierung:** linksbündig in zwei Kolonnen

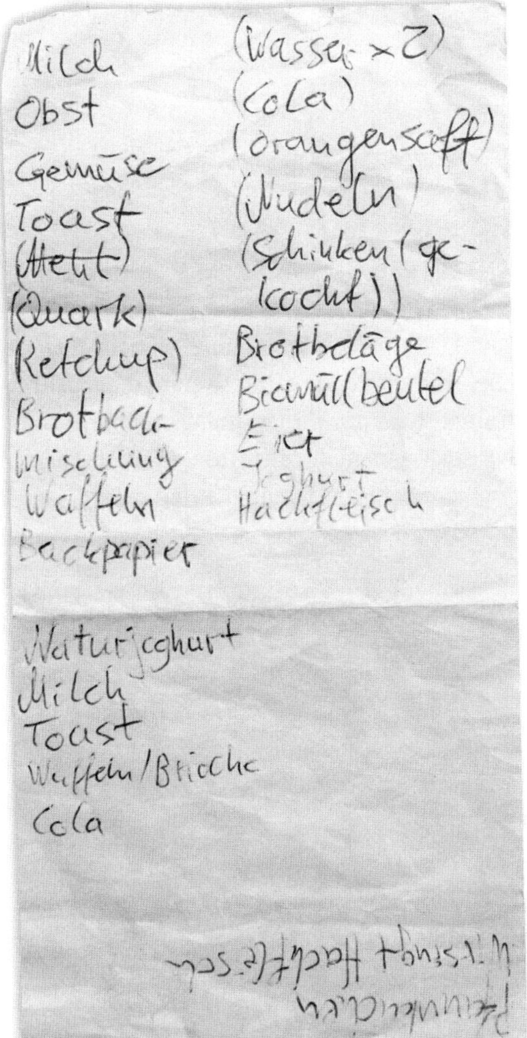
Milch
Obst
Gemüse
Toast
~~(Mett)~~
(Quark)
(Ketchup)
Brotback-
mischung
Waffeln
Backpapier

(Wasser x 2)
(Cola)
(orangensaeft)
(Nudeln)
(Schinken (ge-
kocht))
Brotbeläge
Biomüllbeutel
Eier
Joghurt
Hackfleisch

Naturjoghurt
Milch
Toast
Waffeln/Brioche
Cola

Pfannkuchen
Joghurt Hackfleisch

DIESEN ZETTEL hat ein Schöngeist verfasst, einer, der seinen Einkaufszettel mit einem so raren Satzzeichen wie dem Semikolon perfektioniert und seinem Haar gerne mal eine feine Kur gönnt. In einer Designerhandschrift wie der seinen sieht sogar das Wort »Klopapier« interessant aus. Nur schade, dass man nicht auch die »Katzenstreu« und den »Kloreiniger« bei Manufactum kaufen kann.

Bildträger: rechteckiger Abreißblock, weißes Blatt, seitlich blau-gelb **Stift:** blauer Kuli **Schrift:** künstlerisch **Zustand:** mehrfach verknickt **Sortierung:** linksbündig

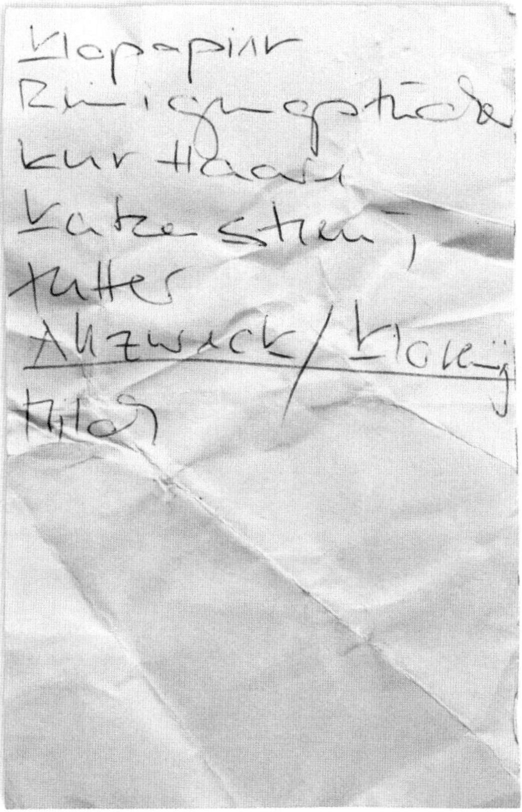
Klopapier
Reinigungstücher
Kur Haare
Katzenstreu
Futter
Allzweck/Kloreinig
Milch

DIESER ZETTEL erregt augenblicklich heftiges Mitgefühl. Die Autorin plagt eine so stark ausgeprägte Unsicherheit, dass sie nicht einmal wagt, das Wort »Lauch« ohne Fragezeichen zu notieren. Nach einem intensiven Gespräch mit ihrem Therapeuten nimmt die Verfasserin jedoch einen zweiten Anlauf, knickt das Blatt und notiert in der unteren Hälfte einen Teil der Produkte noch einmal. Ganz ohne Fragezeichen. Übermütig setzt sie sogar ihre Unterschrift drunter. Auf dem Weg zum Wurststand murmelt sie ihr mutmachendes Mantra: »Ich esse Haspel und stehe dazu. Ich esse Haspel und stehe dazu. Ich esse …«

Bildträger: gelber Post-it-Zettel **Stift:** blauer Kugelschreiber **Schrift:** kindlich, instabild **Zustand:** mittig gefaltet und zerknäuelt **Sortierung:** chaotisch

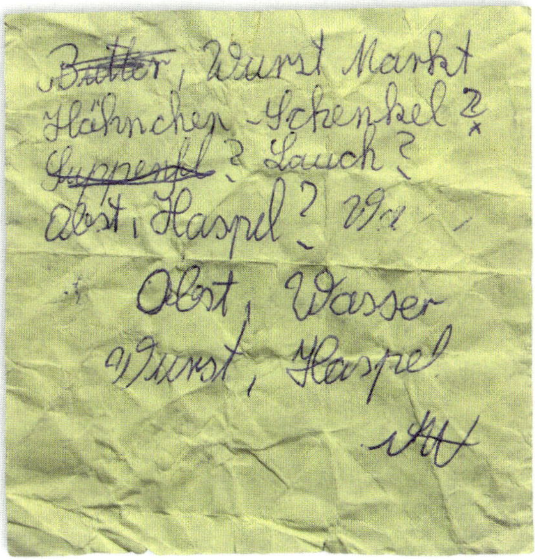
~~Butter~~, Wurst Markt
Hähnchen-Schenkel 2x
~~Suppenfl~~? Lauch?
Obst, Haspel? Wa

Obst, Wasser
Wurst, Haspel

DIESEM MANN ist alles peinlich. Sein Durst ebenso wie seine Vorliebe für Filterkaffee oder Dosenmilch. Ständig hat er das Gefühl, man lache ihn aus. In Gesellschaft traut er sich kaum zu atmen, könnte ja sein, dass jemand bei ihm Mundgeruch feststellt. Kondome kauft er ausschließlich spät nachts am Automaten, und Toilettenpapier bestellt er beim Online-Versand. Vor lauter Angst, jemand könne das Ding finden und sich über seine Angewohnheiten lustig machen, schriebe er am liebsten gar keine Einkaufslisten. Wenn es aber unbedingt sein muss, kritzelt er darauf so unleserlich wie möglich.

Bildträger: quadratisches weißes Strukturpapier **Stift:** blauer Kugelschreiber **Schrift:** schwer lesbar **Zustand:** doppelt gefaltet **Sortierung:** linksbündig

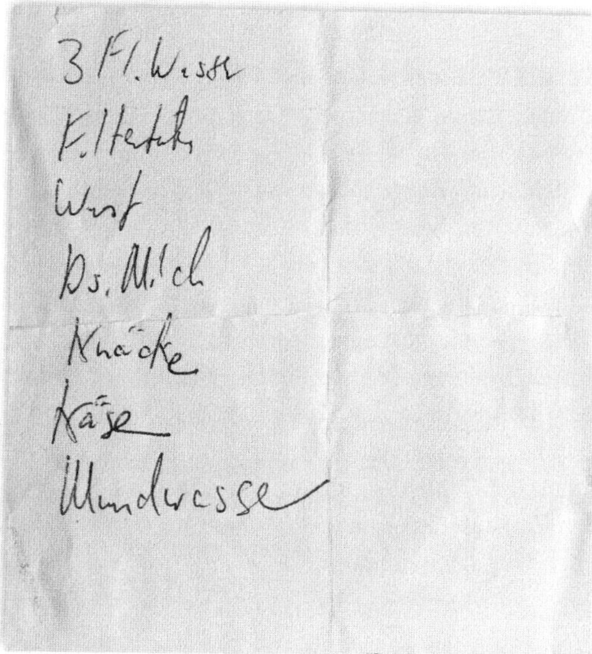
3 Fl. Wasser
Filtertüten
Wurst
Ds. Milch
Knäcke
Käse
Mundwasser

FAST VIERZIG Jahre lang hat er als Konzernchef gutes Geld nach Hause gebracht. Jetzt kann er endlich seinen wohlverdienten Lebensabend genießen. Bloß: Wie geht das, Nichtstun? Woher soll er wissen, wie man Hobbys oder Freundschaften pflegt, dafür war all die Jahre doch gar keine Zeit. Was machen eigentlich andere Männer, denen die Haushälterin und der Gärtner jegliche Form des Sich-nützlich-Machens verunmöglichen? Enten füttern? Zu langweilig. Golf spielen? Zu affig. Vielleicht könnte er einkaufen gehen. Bloß was? Ist doch alles da. Suchend irrt er durch die Küche. Als ihm endlich ein Produkt einfällt, das er im Küchenschrank nicht entdeckt, schreibt er es freudig auf seinen Einkaufszettel und weist den Chauffeur an, schon mal den Wagen vorzufahren.

Bildträger: quadratisches weißes Blatt vom Abreißblock mit Firmenaufdruck »Louis Vuitton« **Stift:** Bleistift **Schrift:** riesig, ungelenk **Zustand:** Flecken **Sortierung:** mittig

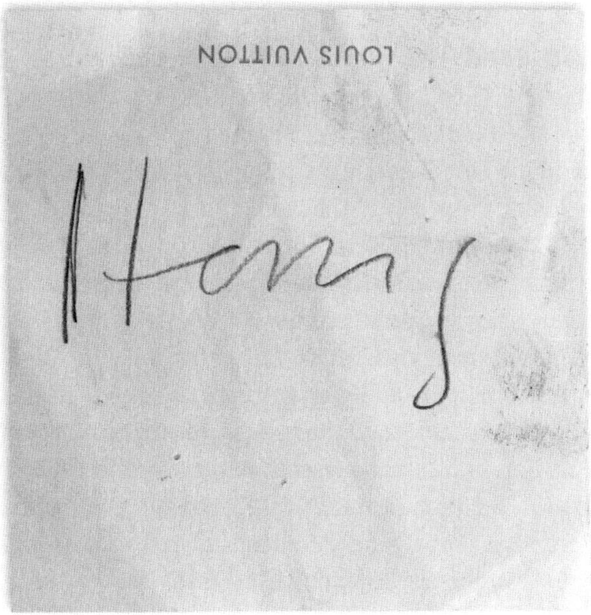
LOUIS VUITTON
Hans

WIESO BENÖTIGT jemand für zwei Produkte einen Einkaufszettel? Auf den ersten Blick liegt es natürlich nahe, diesen Umstand mit der Beschriftung auf der Rückseite in Verbindung zu bringen. Aber würde jemand, der an Alzheimer leidet, für die Alzheimer-Stiftung spenden? Wohl kaum. Schaut man genauer hin, entdeckt man, dass am oberen Bildrand ein oder mehrere Produkte weggeschnitten wurden. Ganz so, als müsse bereits Erledigtes unwiderruflich von der geistigen Festplatte getilgt werden. Die Vergangenheit empfindet dieser Autor als Belastung. Sein Zen-Kurs an der Volkshochschule hat ihn gelehrt, dass man immer im Hier und Jetzt leben soll. Deshalb vernichtet er ausnahmslos sämtliche Briefe von Exfreundinnen, schmeißt gelesene Bücher umgehend in den Müll und vergisst konsequent, ausstehende Rechnungen zu bezahlen.

Bildträger: abgeschnittene Postkartenecke, rückseitig bebildert mit Vögeln auf einem Ast. Beschriftet mit: »Ich spende für Wissenschaft und Forschung www.stiftung-alzheimer-initiative.de« **Stift:** Bleistift **Schrift:** verkrampfte Druckschrift **Zustand:** Knicke **Sortierung:** linksbündig

Milch
Pilze

Ich spende für Wissenschaft und Forschung
www.stiftung-alzheimer-initiative.de
Fotos: Fotolia.com

DIE RECHERCHE bei Google verrät: Frau Dr. Hege-Blank ist Allgemeinmedizinerin. Das Bedürfnis, eine solche zu konsultieren, erscheint bei der Kombination aus »Katzenfutter«, »Süßstoff«, »Zimt« und »Maggi« kaum verwunderlich. Auch im durchgestrichenen Teil ihres Zettels offenbart die Autorin ein Faible für irritierende Zusammenstellungen. Vermutlich ertappt sie sich regelmäßig dabei, wie sie entgeistert am Pastaregal nach einer Nudelsorte namens »Spülen« sucht oder im Kaffeeladen nach einem halben Pfund »Stopfen« fragt.

Bildträger: abgerissenes Fragment einer karierten Ringbuchseite **Stift:** blauer Kugelschreiber **Schrift:** weiblich **Zustand:** mittig geknickt und verknäuelt **Sortierung:** linksbündig in zwei Richtungen mit Gedankenstrichen

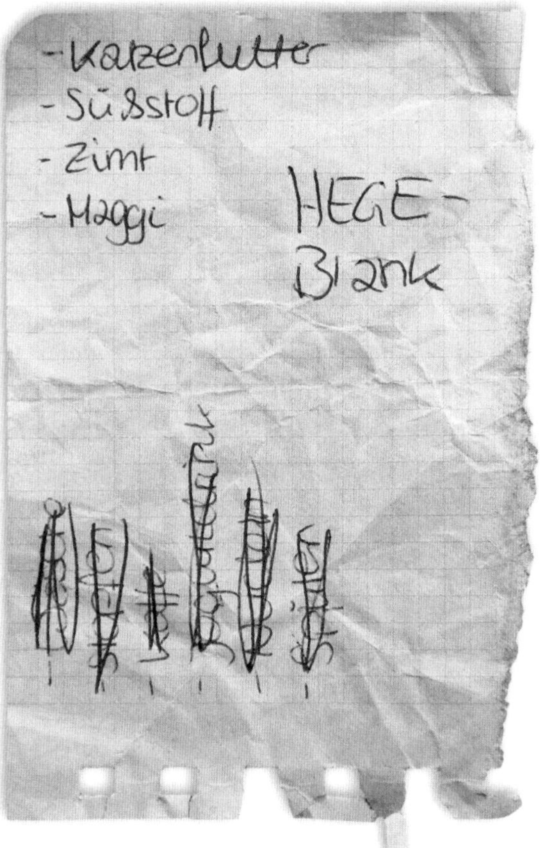

- Katzenfutter
- Süßstoff
- Zimt
- Maggi

HEGE-
Blank

EINE FERNREISE steht an, weshalb dies kein klassischer Einkaufszettel, sondern eine Mischung aus noch zu Besorgendem und Checkliste ist. Bemerkenswert allerdings, dass ganz oben der Artikel »Haarspray« steht. Anscheinend hat diese Dame im Ausland schlechte Erfahrungen mit vor Ort erhältlichen Produkten gemacht. Gleiches gilt offenbar für die »Bettwäsche«, deren Zustand und/oder Muster den Ansprüchen der Autorin nicht genügte. Überhaupt scheint die Bereitschaft, sich auf Land, Leute und fremde Kulturen einzulassen, bei dieser Dame begrenzt. Würde sie sonst »Sauerteig« und »Hirse« einpacken wollen? Das akribische Auflisten von »Kleidung«, »Schuhe« und »U-wäsche« offenbart tiefliegende Ängste, die mit inhaltsleerer Geschäftigkeit überkompensiert werden.

Bildträger: Abreißblock der Firma Evonik Industries, rückseitig verwendet **Stift:** blauer und schwarzer Kugelschreiber **Schrift:** akkurat, weiblich **Besonderheit:** Kringel vor den Produkten **Zustand:** verknäuelt **Sortierung:** linksbündig mit Punkten vor den Produkten

- ~~Haarspray~~
- ~~Bettwäsche~~

~~4x 90x200 Spann-betttücher 180x200~~

- ~~Handtücher~~
- ~~Golf Sommer~~
- ~~U-Wäsche~~
- ~~Schuhe~~
- ~~Kleidung~~
- Sauer teig
- Hirse
- ~~Brillen~~

DIESER ZETTEL wirkt harmlos. Allein sein Fund in der Kirschen-Hauptsaison macht stutzig. Warum schreibt diese Dame »wenn möglich«? Und warum ist der jeweils letzte Buchstabe jeder Zeile so augenfällig nach unten gezogen? Sind hier unterschwellige Aggressionen im Spiel? Offenbar ist die Autorin mit der Hilfsbereitschaft ihres Lebensgefährten mehr als unzufrieden. »Wenn möglich« bedeutet also im Klartext: »Wenn du dich trotz deiner grenzenlosen Faulheit ausnahmsweise überwinden kannst, mir wenigstens den Obsteinkauf abzunehmen, kann ich mich möglicherweise überwinden, nicht wieder das gesamte Wochenende so sauertöpfisch zu gucken.«

Bildträger: grünes Blatt vom Abreißblock **Stift:** schwarzer Kugelschreiber **Schrift:** weiblich weist am Zeilenende nach unten **Zustand:** gut **Sortierung:** mittig

5 ℔ Himbeeren

wenn möglich
4 ℔ Sauerkirschen

DIE AUTORIN dieser Zeilen ist ein Mysterium. Warum bloß will sie grobe »Leberwurst« durch zwei Gläser »Schnaps« ersetzen, wenn sich beides doch eigentlich gut ergänzt? Man könnte annehmen, es handele sich um eine psychologisch raffiniert denkende Ehefrau, die ihren Partner durch Völlerei oder Alkohol in einen Zustand der Ermattung versetzen möchte, damit er endlich den Leasingvertrag für den Zweitwagen unterschreibt. Plausibler erscheint jedoch die Vermutung, dass wir es mit der Regisseurin eines avantgardistischen Theaterstücks zu tun haben. Aufgelistet sind Requisiten, die bei der nächsten Aufführung zum Einsatz kommen sollen. Das Stück verhandelt die Nöte einer osteuropäischen Einwanderin zwischen Putzwahn und Alkoholismus.

Bildträger: weißes Blatt vom Abreißblock **Stift:** schwarzer Kugelschreiber **Schrift:** die leichte Rechtsneigung suggeriert Offenheit und eine Tendenz zu Impulsivität **Zustand:** vertikaler Knick in der Mitte **Sortierung:** linksbündig, ein Abtrennstrich

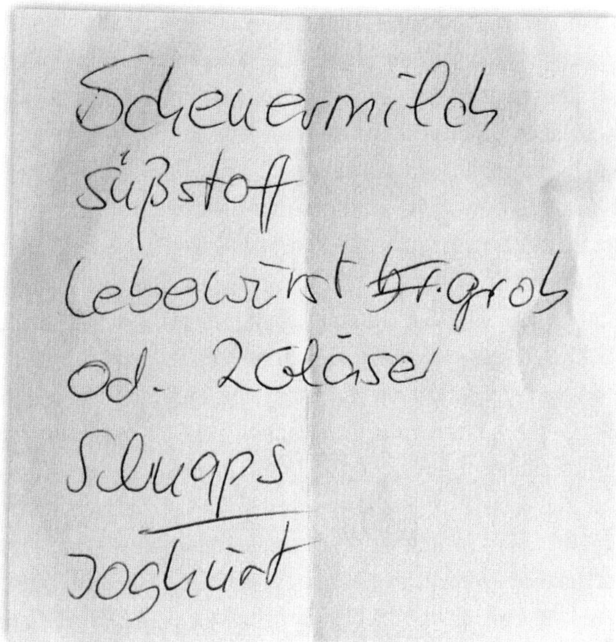
Scheuermilch
Süßstoff
Lebewurst Fr. grob
od. 2 Gläser
Schnaps
Joghurt

NICHT NUR die Handschrift, auch die Produkte sprechen eine eindeutige Sprache: Hier schreibt eine ältere Dame, die die kargen Kriegsjahre zur Genügsamkeit erzogen haben. Eine »Zeitung«, egal welche, »Suppenfleisch« ohne Suppe, ein bisschen »Zwieback« mit »Fleischsalat« – viel mehr braucht sie nicht, um zufrieden zu sein. Der einzige Luxus, den sie sich gönnt, ist ein bewährtes Markenprodukt gegen Kopfschmerzen. Irrationale Ängste bekämpft sie mit einem beruhigenden »Butter«-Vorrat und einer perfekt aufgeräumten Fassade. Selbst beim Einkaufszettel sorgt sie für optische Ausgewogenheit. Welcher normale Mensch braucht schließlich exakt so viele Dinge, wie auf einen quadratischen Zettel passen? Das Hinzufügen von Genussmitteln wie »Kaffeemilch« und »Kuchen« ist daher wohl eher dem Horror vacui, der Angst vor der Leere, geschuldet, als einem echten Bedürfnis. Vermutlich ist der komplette Tag dieser Dame mit gleichmäßig verteilten Terminen gefüllt. 10 Uhr Friseur, 12.30 Uhr Fußpflege, 15 Uhr Enkelbesuch, 17.30 Uhr Chor, 20 Uhr Tagesschau …

Bildträger: weißer Blockzettel **Stift:** blauer Kugelschreiber **Schrift:** perfekt lesbar, altmodisch **Zustand:** verknickt **Sortierung:** Kolonne, linksbündig

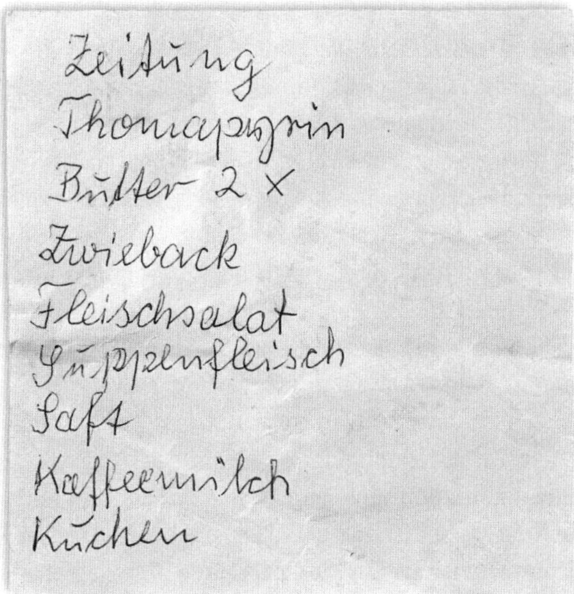

Zeitung
Thomapyrin
Butter 2 x
Zwieback
Fleischsalat
Suppenfleisch
Saft
Kaffeemilch
Kuchen

DIESE JUNGE Dame ist gerade erst aus dem elterlichen Heim in die erste eigene Wohnung gezogen. In Einkaufsdingen fehlt ihr jegliche Routine. Woher soll sie auch wissen, dass normale Menschen keine »Bad-Müllbeutel« kaufen, weil sich dafür hervorragend die kleinen Plastiktüten eignen, die man gratis beim Obstkauf im Supermarkt erhält? Schon bald wird sie feststellen, dass die Firma »Frosch« nicht bloß den Essigreiniger herstellt, den sie aus dem Besenschrank ihrer Eltern kennt, sondern eine ganze Palette von Produkten, mit deren Anwendungsbereichen sie sich jetzt ganz alleine auseinandersetzen muss. Genauso wie mit der Frage, ob man für die Reinigung der Küche das gleiche Zeug verwenden kann, mit dem man im Bad die Kacheln einsprüht. Ihre Neigung zur Umständlichkeit, die Klammer nebst Fragezeichen verraten, wird ihr den Anfang nicht leichtmachen.

Bildträger: rot liniertes Blatt mit rückseitiger Klebefläche und aufgedrucktem Semikolon **Stift:** Bleistift **Schrift:** weiblich-unbedarft **Zustand:** drei horizontale Knicke **Sortierung:** linksbündig mit zusammenfassender Klammer rechts

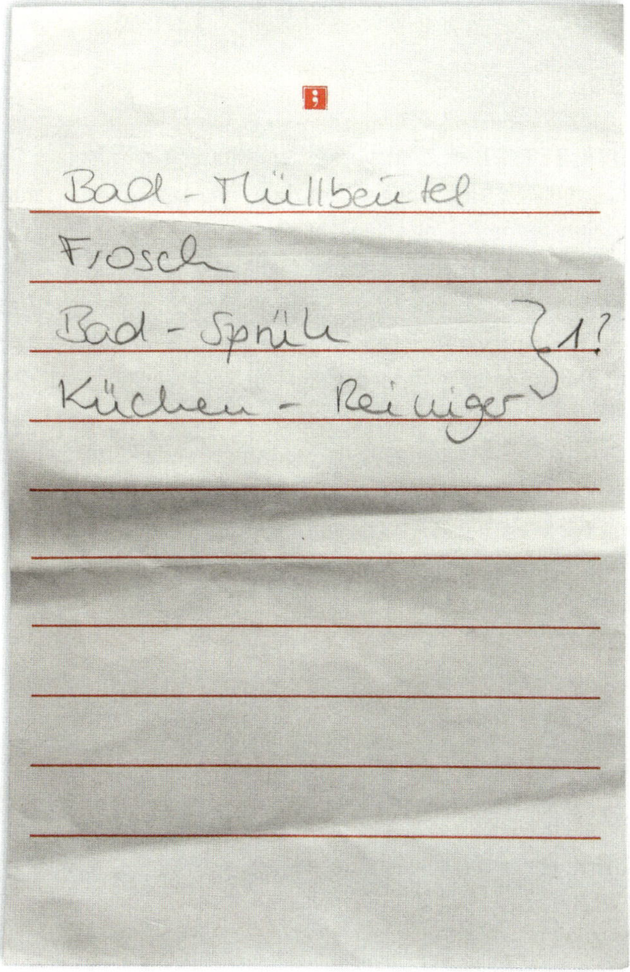
Bad - Müllbeutel
Frosch
Bad - Spüli
Küchen - Reiniger } 1?

DER ZETTEL stammt von einem deutsch-polnischen Duo, bei dem es sich augenscheinlich um einen Schlaganfall-Patienten und seine Pflegerin handelt. Die von ihr notierten Produkte – darunter »seler« (Sellerie), »marchew« (Karotten) und »magnez« (Magnesium) – suggerieren eine liebevolle Fürsorge, die der Kranke – vermutlich ein pensionierter Oberstudienrat – jedoch kaum zu schätzen weiß und mit altklugen Zen-Weisheiten pariert. »MÄHEN GRAS – NÄHEN GARN«, eine geradezu patzig anmutende Aufforderung, sich auf seine eigenen Möglichkeiten zu besinnen, die vermutlich als Reaktion auf einen schon länger schwelenden Disput über die einzig akzeptable Art, Sauerbraten (oder ein gekochtes Ei) zuzubereiten, zu verstehen ist.

Bildträger: weißes Blatt mit Abreißkanten und Loch zum Abheften **Stift:** schwarzer/blauer Kugelschreiber **Schrift:** die ungelenke Druckschrift verrät Unsicherheiten, die kleinteilige Schreibschrift Pragmatismus **Zustand:** horizontale Faltspur, gelocht **Sortierung:** oben zwei Kolonnen, unten mittig

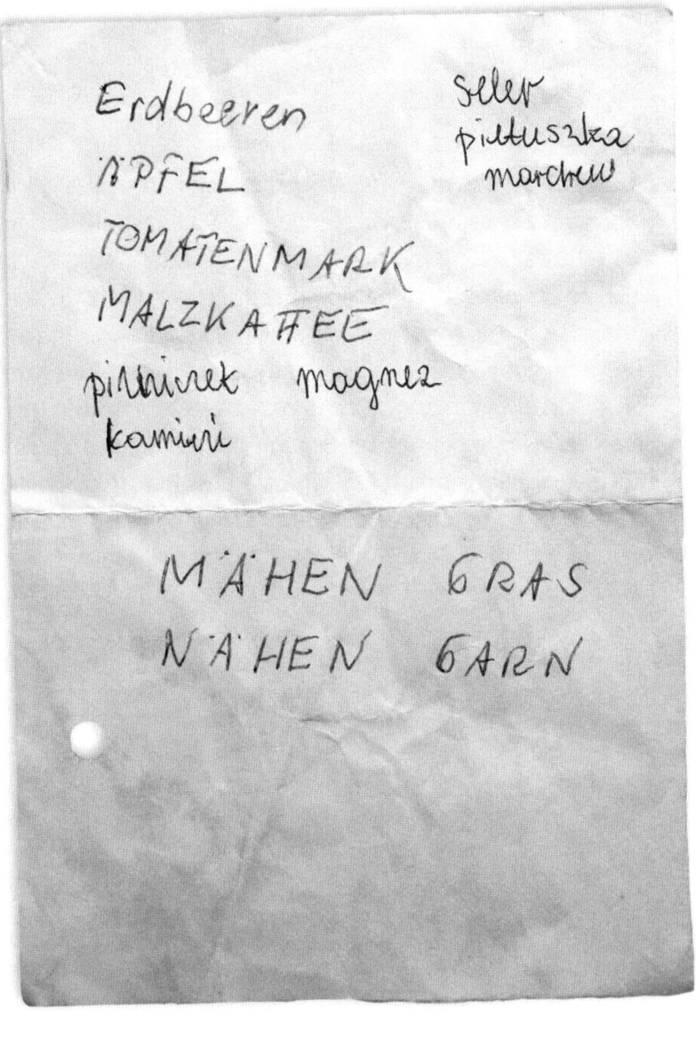
Erdbeeren
ÄPFEL
TOMATENMARK
MALZKAFFEE
pilniczek magnez
kamieni

seler
pietruszka
marchew

MÄHEN GRAS
NÄHEN GARN

DIESE FRAU ist die perfekte Arbeitnehmerin. Was auch sei – sie passt sich den Umständen an. Formalen Kriterien und selbst auferlegten Normen ordnet sie alles unter. Auch wenn es bedeutet, dass statt Joghurt »Jogt« notiert werden muss, damit die Form gewahrt bleibt. Geradezu verbissen nimmt sie mit »Sußigk« vorlieb, wenn für Süßigkeiten kein Platz ist. Ihr bedingungsloser Drang zu Unterordnung und Selbstverleugnung sorgt im Bekanntenkreis immer wieder für Unverständnis und Irritationen. Für Außenstehende ist schließlich kaum nachvollziehbar, was mit »Frühstücksb« gemeint ist. Brot? Belag? Oder gar Brei? Und was bitte fängt ein normaler Mensch mit exakt »3 Briefm« an?

Bildträger: streifig gerissenes Karopapier mit Farbleiste (rückseitig verwendet) **Stift:** schwarzer Kugelschreiber **Zustand:** zweimal horizontal gefaltet **Schrift:** instabil, rechts aufsteigend **Sortierung:** Kolonnen links und rechtsbündig

T-Papier
Tabs
Kaffee
D-M
Obst
Gemüse
Wurst
Senf
Brot
Brötchen
Gebäck
Quark
Joghurt
Käse
Eier
Gurke

Küchenrolle
~~T-Papier~~
Zahncreme
Nachtcreme
Slip-Einl
Tee
Frühstücksl

Zeitschr.
Zigar. (4)
3 Briefm.

(50.-)

Reinigung

ES IST mal wieder so weit: Der letzte Rotwein-Kater war offenbar so heftig, dass diese Autorin abrupt ihr Leben zum Guten wenden möchte. Effektiver und vor allem gesünder soll es sein. Wohlsortiert, mit »Rohrzucker« und qualitativ hochwertigem Olivenöl. Endlich will sie auch das »Spülmaschinensalz« nachfüllen, nachdem das rote Lämpchen an der Maschine bereits seit mindestens zwei Monaten leuchtet. Leider gehen derart bemüht inszenierte Aktionen fast immer schief. Frauen, die »gutes O-Öl« notieren, scheitern in der Regel an ihren eigenen Ansprüchen. Sie wird es auch diesmal nicht schaffen, die Oma zu besuchen, die Fenster zu putzen, den Proust zu lesen und am Fastfood-Laden vorbeizugehen. Der nächste Frust-Kater wird umso fürchterlicher.

Bildträger: gelber Zettel **Stift:** Bleistift **Schrift:** das häufige Absetzen wirkt zögerlich **Zustand:** diverse horizontale Faltspuren **Sortierung:** nach Läden, linksbündig

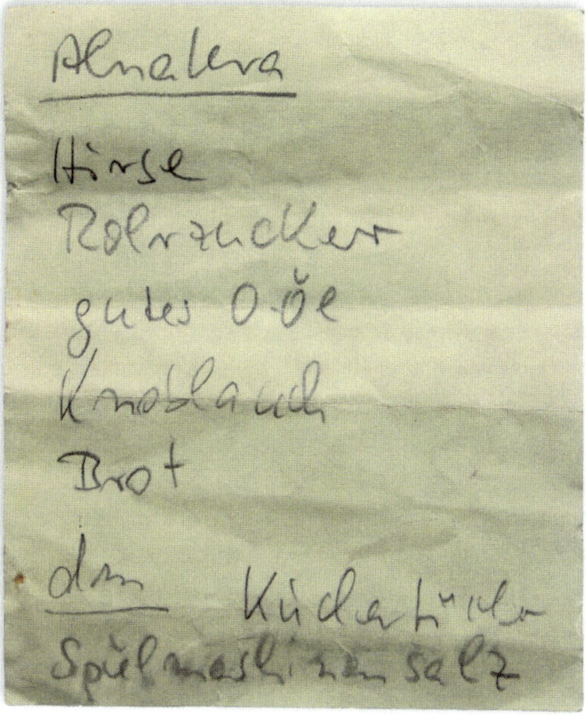
Alnatura

Hirse
Rohrzucker
gutes O-Öl
Knoblauch
Brot

dm Küchentücher
Spülmaschinensalz

DIESE EINKAUFSLISTE steht auf dem Ausdruck eines kroatischen Rezepts für Paprikahühnchen, und zwar klugerweise direkt neben der Zutatenliste. Es handelt sich dabei um jene Produkte, die zusätzlich besorgt werden müssen. Was beweist: Diese Dame ist perfekt organisiert und äußerst praktisch veranlagt. Sie spart sich das Notieren und Übersetzen aus dem Kroatischen, spart gleichzeitig Papier und hat alles im Blick. Produkte wie Tomatenmark und Dosentomaten zeigen überdies, dass die Frau das Rezept nicht zum ersten Mal kocht und genau weiß, mit welchen Mitteln die Vorgabe noch optimiert werden kann.

Bildträger: ausgedrucktes Rezept **Stift:** schwarzer Kugelschreiber **Schrift:** ausgewogen, weitgehend regelmäßig **Zustand:** mehrfach gefaltet, Kulispuren linksbündig **Besonderheit:** Kringel vor den Produkten **Sortierung:** rechts oben, linksbündig

Pileći paprikaš s kiselim vrhnjem
SASTOJCI ZA 4 - 6 OSOBA:
1 veće pile ili oko 1 kg pilećeg rasjeka
2 glavice luka
1 žličica brašna
1 žličica slatke crvene mljevene paprike
(prema želji malo ljute crvene paprike ili feferon)
1 žlica pirea od rajčica
vezica peršina
1 dcl kiselog vrhnja
mast ili ulje, sol i papar

- Toilette papir
- Spülli
- Tomaten mark
- Tomaten in d. dose
- Salamie
- Butterkäse
- milch
- yoghurt
- pudding
- Kartoffeln
- Obst (Banane, Apfel, Birne, Erdbeere

postupak pripreme recepta-Pileći paprikaš s kiselim vrhnjem :

- na ulju dosta dugo dinstati sitno isjeckan luk, pa dodati crvenu papriku i promiješati
- dodati posoljene komade pileta i popapriti
- pirjati uz miješanje na laganoj temperaturi u vlastitom soku
- kad ponestane tekućine pobrašniti i kad se brašno prepržilo, nadoliti toplom vodom i dodati pire od rajčice
- nastaviti pirjati pokriveno dok meso ne bude mekano
- na kraju umiješati kiselo vrhnje i kuhati još minutu-dvije
- posuti sitno sjeckanim peršinom

ZWEI DINGE springen sofort ins Auge: die symmetrische Aufteilung der Lebensmittel und ihr heftiges Ausstreichen. Warum streicht jemand restlos alles aus, anstatt das Blatt einfach nach den letzten Besorgungen wegzuschmeißen? Und warum tut er das so rabiat? Der Zettelschreiber leidet offenbar an einer schizophrenen Persönlichkeitsstruktur: Sein ausgeprägtes Bedürfnis nach Harmonie und Ausgeglichenheit kann von einer Sekunde auf die andere in autoaggressives Verhalten umschlagen. Da reicht ein nichtiger Anlass. Etwa das Problem, dass die »Wurst« aus der mittleren Spalte (in der eigentlich die Zutaten für selbstgebackenen Kuchen stehen) thematisch nach links gehört, was wiederum das optische Gleichgewicht zunichtemachen würde. So erweist sich der Traum vom wohlgeordneten Familienglück als Lebenslüge.

Bildträger: liniertes Ringbuchblatt, gelocht, DIN A4 **Stift:** schwarzer Kugelschreiber **Schrift:** kleine Druckschrift, die auf Pedanterie hinweist **Zustand:** mehrfach gefaltet, Schmutz- und Feuchtigkeitsspuren **Sortierung:** drei Kolonnen, mittig zentriert

~~Kartoffeln~~
~~Schinken~~

~~Mehl~~
~~Eier~~
~~Zucker~~
~~Milch~~
~~Haarspülung~~
~~2x saure Sahne~~

~~1x Schmand~~
~~Puderzucker~~
~~Löffelbiskuits~~

~~Joghurt~~
~~Brot~~
~~Sekt~~
~~Wurst~~

~~800g Rinderhack~~
~~2x Zitrone~~

EIN FAMILIENEINKAUF sieht anders aus. Hier hat sich ein Junggeselle mit einer Vorliebe für mediterrane Lebensweise verewigt. Wahrscheinlich ist er gerade aus dem Griechenlandurlaub zurückgekommen. Jetzt versucht er sich zu erinnern, welche Bestandteile es waren, die in Dimitrios Taverne immer so lecker geschmeckt haben. Das meiste hat er vergessen, aber der »Rotwein« war sowieso das Wichtigste. Auch das Papier – ein unsorgfältig aufgerissener Behördenbrief – spricht eher für einen nachlässigen Charakter. Wozu mühsam einen Schreibblock aus der Schublade kramen, wenn sich das Altpapier ohnehin meterhoch im Flur stapelt? Wahrscheinlich liegt der Koffer mit der Dreckwäsche immer noch neben den Altglasbergen im Hausgang. Auch der Einkaufszettel ist bestimmt schon vor Betreten des Lebensmittelladens aus der Tasche gefallen. Was stand da noch gleich drauf? Ach ja: Rotwein.

Bildträger: weißer Firmenbriefumschlag mit Sichtfenster, rückseitig verwendet **Stift:** blauer Kugelschreiber **Schrift:** lässig **Zustand:** Knick- und Faltspuren **Sortierung:** Kolonne, mittig

Schafskäse
Paprika
Joghurt

SIE HAT Ungeziefer an ihren Topfpflanzen (»Anti-Ungezieferstäbchen«) und Magenprobleme (»Magenfein«). Sie hat wunde Haut (»Bepanthen«), schmutzige Kleidung (»Reinigung«) und solche, die geändert oder ausgebessert werden muss (»Näherei«), weil sie womöglich stark zugenommen hat. Um es kurz zu machen: Es läuft beschissen. Was vor allem daran liegt, dass diese Dame aller Mühen zum Trotz einfach nichts auf die Reihe kriegt. Da will sie sich endlich lecker und gesund ernähren (»Feldsalat« mit »SoBluKe«), vergisst aber die Sonnenblumenkerne vom Rewe mitzubringen, wo sie stattdessen »Eintopf« aus der Dose (sonst stünden hier Zutaten) kauft. Hinterher sitzt sie mit schlechtem Gewissen vor ihrem Zettel und doktert an der Lesbarkeit einzelner Worte herum, als ließe sich dadurch die Situation verbessern. Eine klassische Übersprungshandlung.

Bildträger: Hotelblock mit Aufschrift »Holiday Inn« **Stift:** blauer und lilafarbener Faserschreiber **Schrift:** instabil **Zustand:** mittig horizontal gefaltet **Sortierung:** verschiedene Segmente, mit Gedankenstrichen

Anti-Ungeziefer-Stäbchen

Holiday Inn

BERLIN INTERNATIONAL AIRPORT

REWE

- Honig
- Brot
- Kaffee
- 50 Blumen 4x
- Milch 2x
- ~~Feldsalat~~
- Rosenkohl
- ~~Eintopf~~

~~Tomatensuppe~~

~~Magentabl.~~

Brief

Hosen

~~Apotheke~~

~~Bepanthen~~

~~Reinigung~~

Näherei

www.holidayinn-berlin.de | +800 8080 0800

IM ZENTRUM klafft gähnende Leere, während zwei Personen ihre Einkaufswünsche an die Ränder gepresst haben. Die Verfasser fühlen sich offenbar isoliert und an den Rand gedrängt. Der zweite Autor ist ein unerträglicher Besserwisser, der immer das letzte Wort haben muss. Autor eins kann ihm nichts recht machen. Schreibt er »Zitronen«, »Tomaten«, »Salat« und »Kräuter«, setzt Autor zwei noch die überflüssigen Gattungsbezeichnungen »Gemüse« und »Obst« drunter. Wieso schreibt er nicht Äpfel oder Bananen, wenn es ihn dringend danach verlangt? Weil Autor zwei ein Tyrann ist, dessen dubiose Erwartungen ohnehin niemand erfüllen kann.

Bildträger: Ausschnitt aus weißem Blatt, rückseitig bedruckt mit »Noel Wilde« **Stift:** schwarzer Faserschreiber, blauer Kugelschreiber **Schrift:** klein, nach unten abfallend **Zustand:** diverse Knicke **Sortierung:** verschiedene Segmente

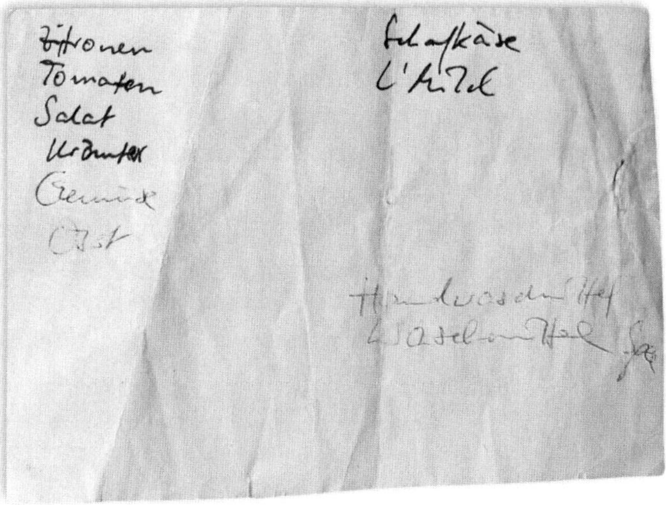
Zitronen
Tomaten
Salat
Gemüse
Obst
Schafkäse
Handwaschmittel
Waschmittel

WER DIESEN Zettel betrachtet, der bekommt umgehend Mitleid. Dabei hatte sich der Autor das Ganze so schön gedacht. Die Idee, die Liste nach Daten zu sortieren, sollte Ordnung hineinbringen, doch letztlich hat sie das Chaos nur vergrößert. Bereits beim Schreiben des ersten Buchstabens scheitert der Verfasser an seinen Ansprüchen. Aus »E« sollte »Einkaufszettel« werden, doch das schien ihm auf einmal blöd und überflüssig. Schon beim nächsten Schritt verzweifelt er am korrekten Datum. Dann fällt ihm ein, dass man »Brot«, »Milch« und »Toletenpapier« zwar sowohl am 10.4. als auch am 11.4. braucht, es aber unsinnig wäre, alles zweimal zu schreiben. Regelrecht grotesk wird es, als der Autor sich aus reiner Sturheit entschließt, sein Dinkel-Früchte-Müsli in die zweite Spalte hineinzuziehen und diese – obwohl leer – darunter erneut beginnen zu lassen. So einer lässt sich von einem einmal gefassten Entschluss unter keinen Umständen abbringen. Borniert, wie er ist, fährt er trotz Radiowarnung direkt in den Stau hinein und lässt sich auch durch Dauerregen nicht vom geplanten Freibad-Besuch abhalten.

Bildträger: zweifach gefaltetes DIN-A4-Blatt **Stift:** blauer Kugelschreiber **Schrift:** katastrophal **Zustand:** diverse Knicke **Sortierung:** linksbündig mit Datum und Gedankenstrichen

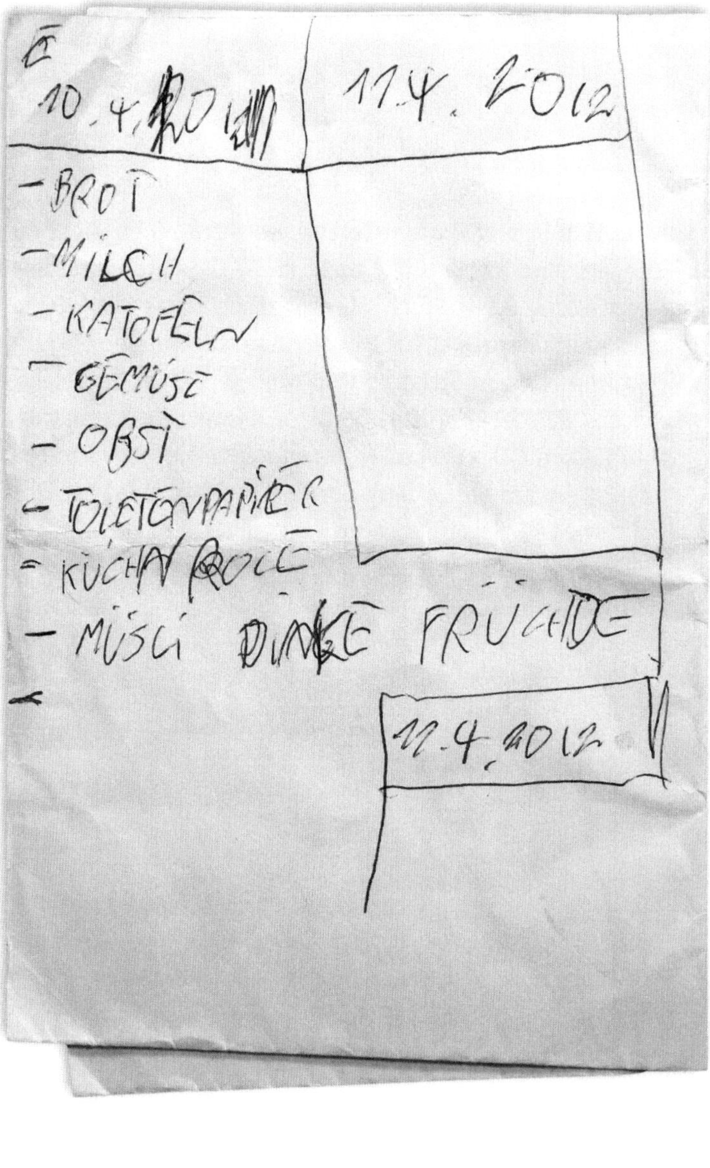

Ē

10.4.2011 | 11.4.2012

- BROT
- MILCH
- KATOFELN
- GEMÜSE
- OBST
- TOILETENPAPIER
- KÜCHENROLLE
- MÜSLI DINGE FRÜCHTE
-

11.4.2012

MILCH MIT vier Prozent Fett ist wahrlich nicht leicht zu kriegen, aber was tut man nicht alles? Die Produktzusammenstellung ist nämlich offensichtlich darauf angelegt, eine Bulimikerin oder Magersüchtige mit vermeintlichen Diätprodukten in Sicherheit zu wiegen. »Es ist doch bloß magere Hähnchenbrust«, heißt es dann, »die kannst du ruhig essen.« Oder: »Ein Brötchen mit fettarmem Streichkäse, ganz harmlos.« Dass der Frischkäse in Wirklichkeit keineswegs kalorienreduziert und die Milch dazu sogar außergewöhnlich fetthaltig ist, wird die Patientin hoffentlich nicht allzu schnell bemerken.

Bildträger: ausgeschnittene Ecke eines größeren Blattes mit Restaufdruck »Tüten sowie«, rückseitig verwendet **Stift:** schwarzer Kugelschreiber **Schrift:** ausgewogen **Zustand:** diverse Knicke, mittig gefaltet **Sortierung:** linksbündig

8 Brötchen

2 Philadelfia 12%.

2x Geflügelwurst

1x Hähnchenbrust

4x 4% Milch

OFFENBAR HANDELT es sich hier um das verschlüsselte Dokument eines ehemaligen Geheimdienstmitarbeiters, der mit irreführenden Anweisungen von der eigentlichen Information ablenken will. So suggeriert er auf der Vorderseite des Klebezettels eine abstruse To-do-Liste, um die Waren unauffällig auf der Rückseite verstecken zu können. Bei den Punkten vor und nach den Produkten handelt es sich vermutlich um eine Berufskrankheit, die von der häufigen Verwendung des Morsealphabets herrührt. »Eis«, »Öl Fit« und »Sushi« sind womöglich Codewörter für Schnaps, Shampoo (gegen fettiges Haar) und das Knabberrondell der Firma Goldfischli.

Bildträger: Klebezettel mit Werbeaufdruck »3M«, rückseitig verwendet **Stift:** blauer Kugelschreiber **Schrift:** winzig, stellenweise unleserlich **Zustand:** mittig gefaltet, Schmutz an der Klebefläche **Sortierung:** linksbündig mit Aufzählungspunkten und Punkten am Zeilenende

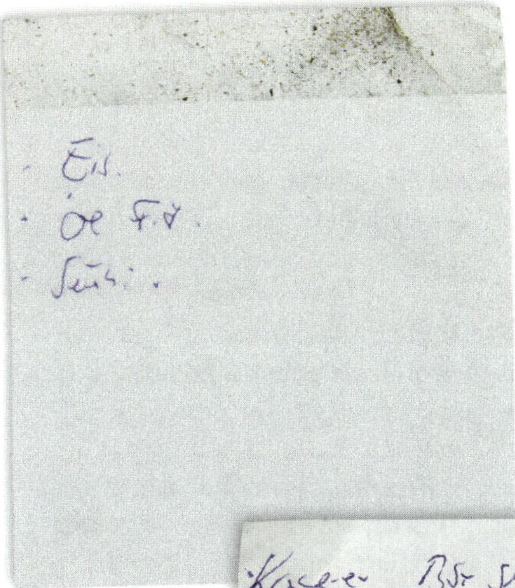

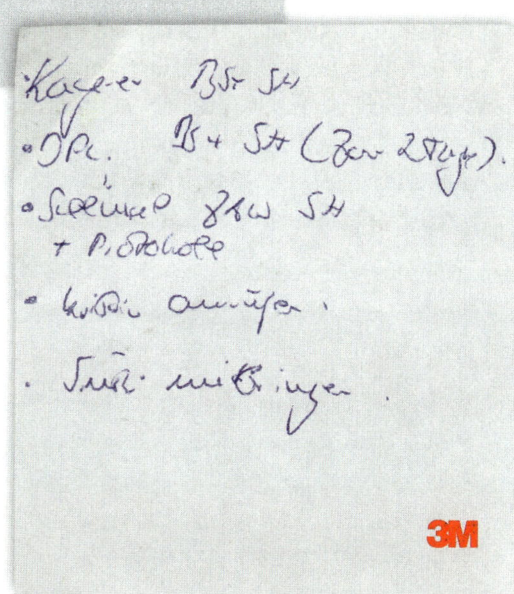
Kaufen BS SH
BS + SH
bzw SH
anrufen
mitbringen

BEI DIESEM Schweizer Staatsbürger handelt es sich um einen Hypochonder mit Verfolgungswahn. Jeder Arztbesuch wird penibel vorbereitet und protokolliert. Schließlich braucht man ja Material für den Anwalt der eigens abgeschlossenen Rechtsschutzversicherung. Bei genauerer Betrachtung entpuppen sich die akribischen Notizen auf der Rückseite des Einkaufszettels als Dokumente des Wahnsinns. Wahllos vermischen sich Medikamente (für die Durchblutung des Herzens, gegen Sodbrennen oder Magengeschwüre) mit Untersuchungsmethoden (»Langzeit-EKG«, »großes Labor«, »Herzprogramm«), Beschwerden (»Gefäße Bein«, »Schwäche«, »Schwindel«) und Überweisungswünschen für den Gastroenterologen. Dabei wäre es viel sinnvoller, den Bauchschmerzen schlicht mit weniger »Müsli«, »Küchli« und »Käsli« zu begegnen.

Bildträger: quadratisches Blatt, beidseitig benutzt **Stift:** blauer Kugelschreiber **Schrift:** die spitze Winkelschrift mit gerader Zeilenführung spricht für eine Abwehrhaltung bei ausgeprägter Zielstrebigkeit **Zustand:** mittig gefaltet, zahlreiche Schmutzflecken **Sortierung:** linksbündig

2 Palmolive
1 petit pain
Müsli | Knäcke | Käse

[illegible]
11 + [illegible]

14:00
Überw. f. 16. Langzeit EKG
(u. 30.8. Gefühl Bein)
Überw. f. Gastro
Omep* + Lendorm + +
Pantoloc 50 [illegible]

BD → [~~Messprogramm~~ + ?]
Bericht Kroll
~~Tabl. Änderung~~ wer?
Schwäche | Schwindel | Gewicht |
Temperatur [B. Labor | BS ..]
> Magenschmerz? Rolle - abends 2x
Omep + Maaloxan
> ~~Großes Labor~~ | BS
* ~~Pantoprazol~~

WENN JEMAND sein Gemüse ausdrücklich bei Rewe kauft, obwohl er ohnehin zu Alnatura will, muss dies als Ausdruck einer demonstrativen Protesthaltung gedeutet werden. Dieser Autor ist nicht nur ein Freund der Umwelt, er ist auch nachtragend und neigt zu irrationalen Überreaktionen. Er unterstützt die Occupy-Bewegung und hat sich anlässlich der Castor-Transporte bereits mehrfach an Bahngleise gekettet und mit Pfefferspray einnebeln lassen. Er kennt nicht nur seinen eigenen ökologischen Fußabdruck, er ist auch genauestens informiert über den CO_2-Verbrauch von Flugananas und Dosenmais. Biosupermarkt-Ketten wie Alnatura findet er verlogen. Wieso verkaufen die israelische Süßkartoffeln und peruanische Avocados statt lokaler Produkte, die gerade Saison haben? Sicher, »Möhren« und »Zwiebeln« kommen auch bei Alnatura aus der direkten Umgebung, aber trotzdem. Ein Einkauf bei Rewe kommt ihm irgendwie weniger scheinheilig vor. Außerdem ist es da billiger. Da kann er aus Trotz sogar noch »1 anderes Gemüse« kaufen, das er eigentlich gar nicht braucht. Dumm nur, dass das »Olivenöl« bei Alnatura so unschlagbar günstig ist.

Bildträger: abgeschnittenes Blatt **Stift:** blauer Kugelschreiber **Schrift:** konfus und instabil **Zustand:** mittig gefaltet **Sortierung:** linksbündig mit geschweifter Klammer

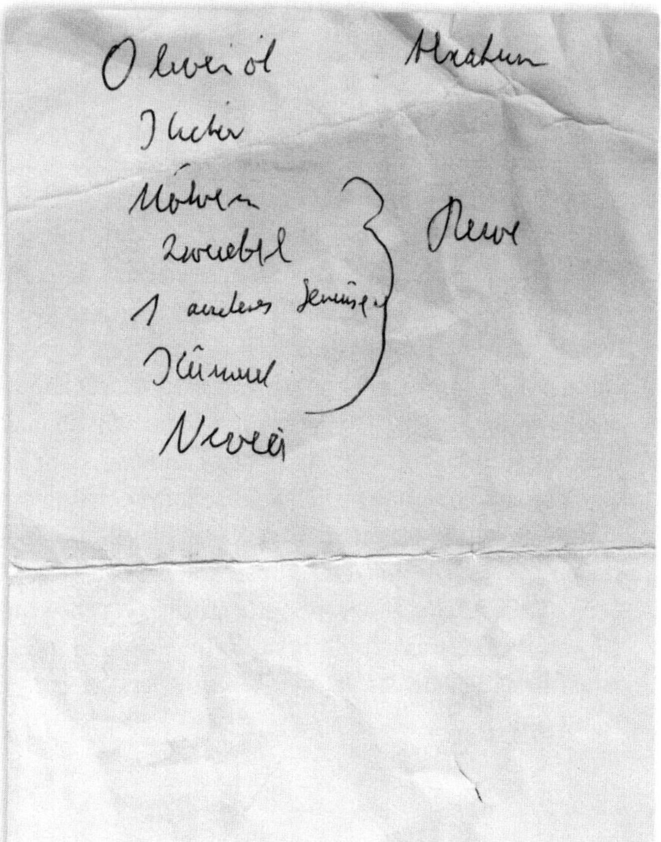
Olivenöl
Alnatura
Tücher
Möhren
Zwiebel
1 anderes Gemüse
Kümmel
Rewe
Nivea

ALS SIE vor einigen Monaten ihr kleines Café eröffnet haben, schien ein Traum in Erfüllung zu gehen. Wer konnte denn damit rechnen, dass gleich in der ersten Woche der gebrauchte Kühlschrank seinen Dienst versagt, die Kaffeemaschine einen Elektronikfehler anzeigt und der geliebte Partner sich als begriffsstutzig erweist? Wann kapiert er endlich, dass ein Café vor allem von Latte macchiato lebt, nicht von Schnaps? Dabei hatte sie sich das alles so romantisch vorgestellt: Nur er und sie, Seite an Seite, ganz ohne Chef. Jetzt sind von der großen Liebe nur noch Aggressionen geblieben. Die Einkaufsliste, die sie ihm (in Großbuchstaben!) für den Getränkemarkt geschrieben hat, ist ein Dokument der Verzweiflung. Mit ohnmächtiger Wut beschreibt die Verfasserin, was mit all ihren Hoffnungen und romantischen Gefühlen in den letzten Wochen passiert ist: »NIX MEHR DA!«

Bildträger: Blockblatt einer Getränkefirma mit Aufdruck »König Pilsener« **Stift:** blauer Kugelschreiber **Schrift:** impulsiv gesetzte Großbuchstaben **Zustand:** Abriebspuren, Tesafilm oben **Sortierung:** thematisch und linksbündig mit Unterstreichungen

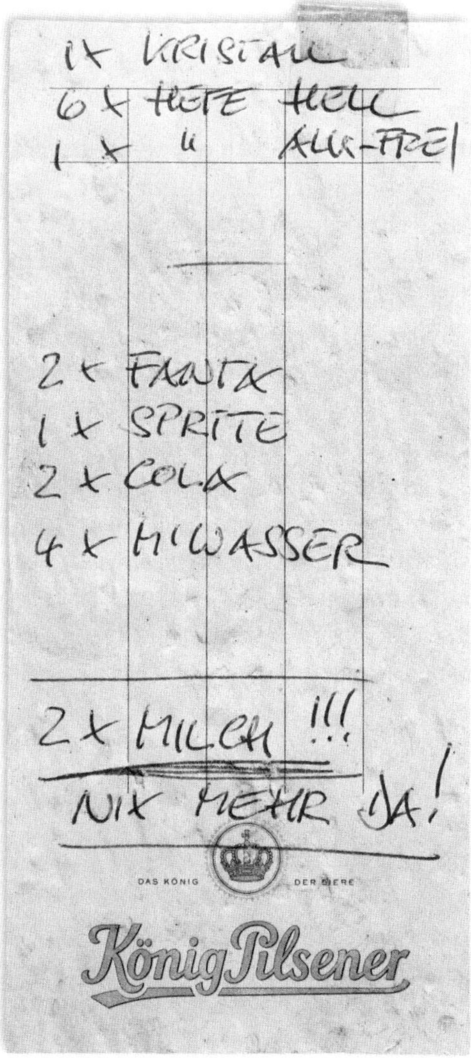
1x KRISTALL
6x HEFE HELL
1x " ALK-FREI

2x FANTA
1x SPRITE
2x COLA
4x M'WASSER

2x MILCH !!!

NIX MEHR DA!

DAS KÖNIG DER BIERE

König Pilsener

ANGEBLICH KANN man auch mit wenig Geld stilvoll leben – die Autorin dieses Zettels versucht es nach Kräften. Ihr starkes Bedürfnis nach Kultiviertheit drückt sich allein schon im manieriert-überflüssigen »1 x« und dem kecken Schnörkel beim Aldi-A aus. Auch mit den Produkten versucht sie sich an der Upper-Class zu orientieren. Vornehme Leute essen »Ente«. Sie verwenden »Kosmetiktücher«. Und ihre »Eier«, so hat sie gehört, kaufen sie niemals im Supermarkt, sondern auf dem Markt. Wegen der Legebatterien. Nur schade, dass ihr 35-jähriger Sohn, der noch immer im Kinderzimmer unter dem Dach lebt, vom distinguierten Leben nichts wissen will. Wenn sie nicht mit dem Schnitzel in Monstergröße nach Hause kommt, zieht er ein langes Gesicht und verteilt seine Chips-Krümel im gesamten Wohnzimmer.

Bildträger: orangefarbenes Blockblatt **Stift:** schwarzer Kugelschreiber **Schrift:** schnörkelig mit leichter Linksneigung **Zustand:** Knickfalten in der Mitte, Ausbleichungen **Sortierung:** linksbündig mit Ladenüberschrift und Abtrennungsstrichen

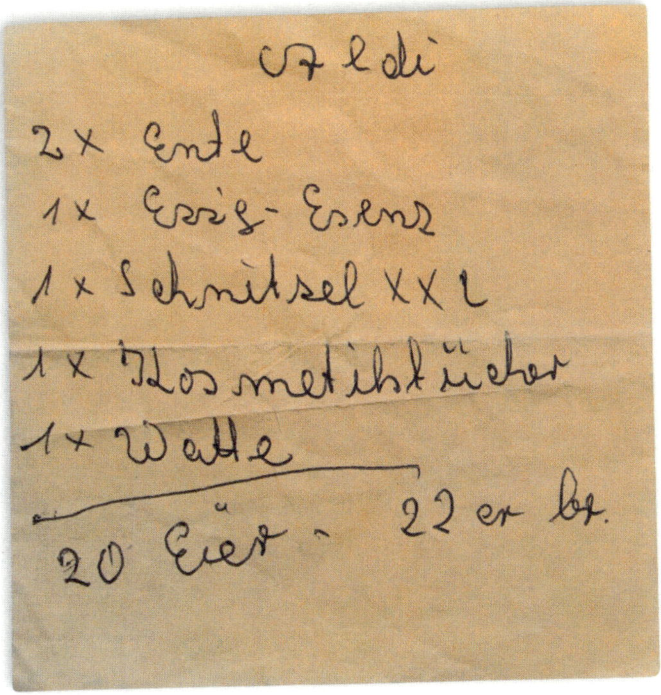

Aldi

2x Ente

1x Essig-Esenz

1x Schnitsel XXL

1x Kosmetiktücher

1x Watte

20 Eier – 22 er Br.

SO IST das heute bei jungen Frauen: Shoppen hat für sie nichts mit Notwendigkeit zu tun. Shoppen ist ein Zeitvertreib, dem man nicht mit Jeans und fettigen Haaren frönt, sondern hübsch aufgestylt mit zwei Freundinnen im Schlepptau. Vor lauter Vorfreude hat diese junge Dame schon einmal einen Einkaufszettel in der Trendfarbe Neonpink angelegt. Nur blöd, dass ihr WG-Zimmer vor lauter Lipgloss, Kajal und schicken Fummeln längst überquillt. Außer »Deo« braucht sie eigentlich gar nichts. Vielleicht sollte sie mit Jenny und Nina mal wieder die aktuellsten Limo-Kreationen testen, Rhabarber-Erdbeere soll ja voll crazy schmecken. Ist ja auch egal, was auf dem Zettel noch so steht. Wichtiger sind die dreiecksförmige Anordnung und die ausgiebige Verwendung theatralischer Ausrufezeichen. Soll schließlich gut aussehen, der Zettel. Und wo genau war nochmal dieser tolle Hollister-Shop? Im »MyZeil«?

Bildträger: pinkfarbenes Post-it-Blatt **Stift:** schwarzer Faserschreiber **Schrift:** weiblich, unbedarft **Zustand:** Knäuelspuren **Sortierung:** mittig mit Abtrennungsstrich

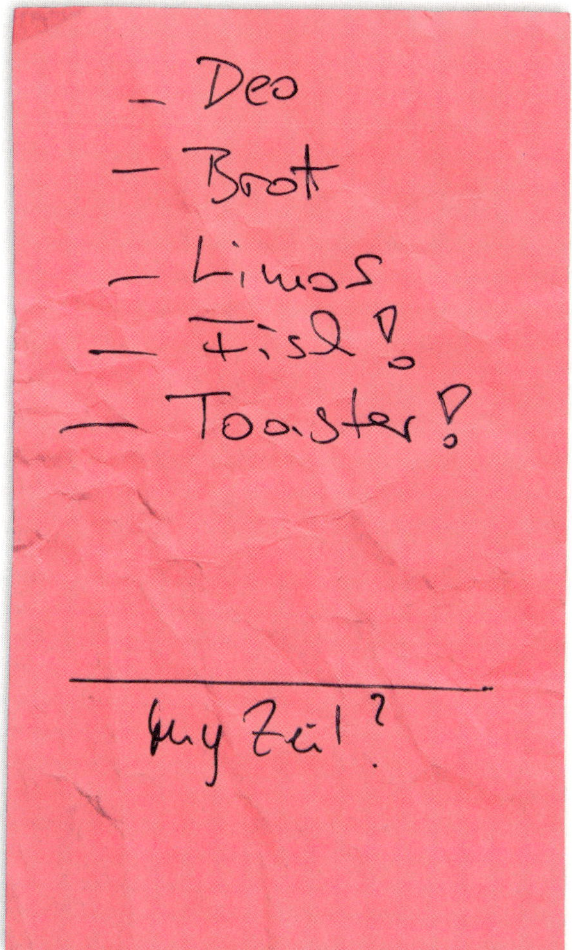
– Deo
– Brot
– Limos
– Fisch!
– Toaster!

my Zeit?

DIESER HERR weiß sich zu helfen. Sein Auftreten ist genauso selbstbewusst wie die großen Buchstaben auf seiner Einkaufsliste. Als er vor einigen Jahren aus Osteuropa nach Deutschland kam, haben sie ihn daher auch gleich bei einem Autohaus als Verkaufsleiter eingestellt. Zum Lernen der deutschen Schriftsprache blieb da keine Zeit. Wichtiger ist schließlich, dass man weiß, was man sagen muss, wenn man beim Bäcker dieses tolle deutsche Mischbrot kaufen will. Oder diese leckeren Brötchen mit den kleinen Körnchen drauf. Ein weltoffener Mensch, der mit seiner Chuzpe überall zurechtkommt.

Bildträger: Werbeblockblatt mit Aufdruck »Wittelsbach Apotheke«, rückseitig verwendet **Stift:** schwarzer und blauer Kugelschreiber **Schrift:** große raumgreifende Großbuchstaben **Zustand:** Knäuelspuren und Knick in der Mitte **Sortierung:** linksbündig

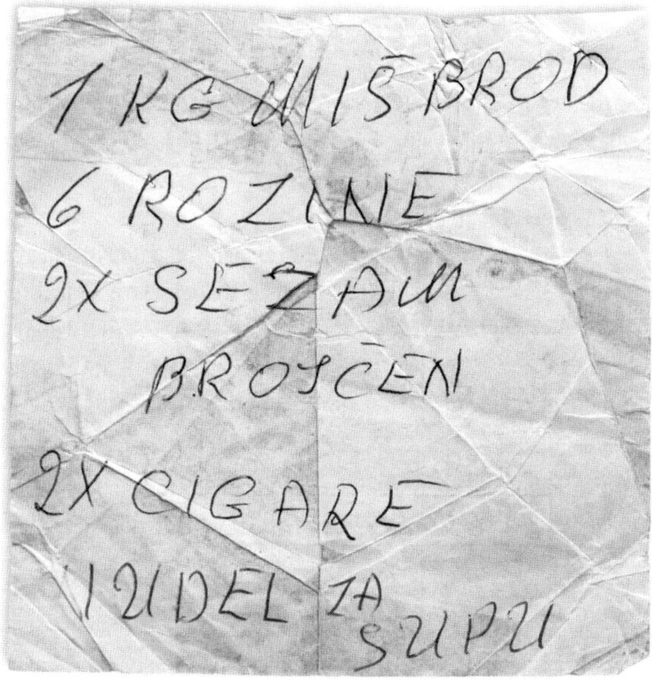
1 KG MIŠ BROD
6 ROZINE
2X SEZAM
B.ROSCEN
2X CIGARE
1 2UDEL ZA SUPU

WER EINEN Einkaufszettel links oben neben dem Werbeaufdruck beginnt, erwartet, dass noch eine ganze Menge folgt. Das Gleiche gilt für das Notieren zweier nicht ganz billiger Weine unterschiedlicher Weingüter auf der Rückseite. Wer sich so viel Mühe mit der Getränkeauswahl macht, hat einiges vor. Allerdings scheint es, als seien die großen Erwartungen dieser Dame, die ihre Notizen auf dem Block eines Bensheimer Tagungshotels angefertigt hat, bereits vorzeitig enttäuscht worden. Wieder mal ist dem Geliebten ein Anruf seiner Ehefrau dazwischengekommen, hat er das anberaumte Tête-à-tête auf unbestimmte Zeit verschoben. Traurig sitzt sie auf dem Doppelbett ihres Hotelzimmers (»Lighthouse« – was für ein lächerlicher Euphemismus!) und erwartet einen öden Abend, der ihr so inhaltsleer entgegenstarrt wie das weiße Blatt mit den Krabben.

Bildträger: Werbeblockblatt mit Aufdruck »Lighthouse Hotel« **Stift:** blauer Kugelschreiber **Schrift:** unsicher, mal groß, mal winzig **Zustand:** Knäuelspuren und Knick in der Mitte **Sortierung:** mal linksbündig, mal mittig

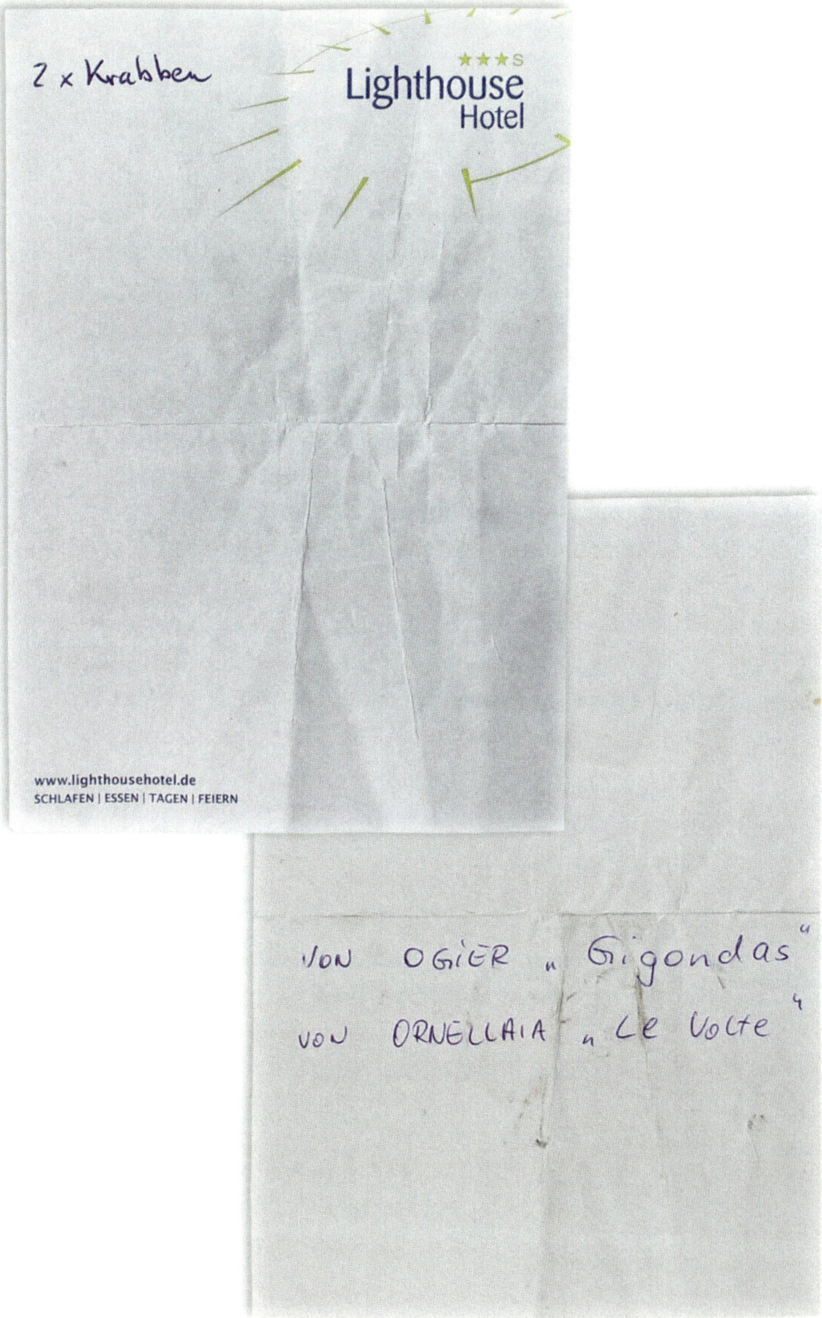
2 x Krabben

★★★S
Lighthouse
Hotel

www.lighthousehotel.de
SCHLAFEN | ESSEN | TAGEN | FEIERN

VON OGIER „Gigondas"
VON ORNELLAIA „Le Volte"

DIESE AUTORIN steckt voller Widersprüche. Sie will von allem ganz viel (»1 Btl«) und ganz wenig zugleich (Einzahl bei »Zwiebel« und »Kartoffel«). Pompöse Pyramidenkerzen sollen es sein, aber bloß die billigen für 2,99. Erst will sie was Deftiges kochen, dann isst sie doch bloß Obst. Beim Fernsehen schafft sie es nie, einen ganzen Film zu sehen, weil sie sich ständig umentscheidet. Sämtliche Kellner in ihrem Viertel hat sie mit ihren Änderungswünschen und Umbestellungen genauso an den Rand des Wahnsinns getrieben, wie die Verkäuferinnen diverser Boutiquen, die von ihren Warenumtauschaktionen die Nase voll haben. Eigentlich steht sie auf hart arbeitende Männer mit Muskeln, die sich nicht scheuen, auch mal den Sondermüll zu entsorgen. Der kernige Kanalarbeiter, der ihr neulich den Werbeblock seiner Firma geschenkt hat, war im Grunde perfekt. Zu dumm nur, dass der sich nicht mit Adorno auskannte.

Bildträger: Werbeblockblatt mit orange hinterlegtem Aufdruck »Frassur … ein Begriff für aktiven Umweltschutz« **Stift:** blauer Kugelschreiber **Schrift:** geziert **Zustand:** zweifache Faltspuren **Sortierung:** mittig mit Abtrennungsstrichen

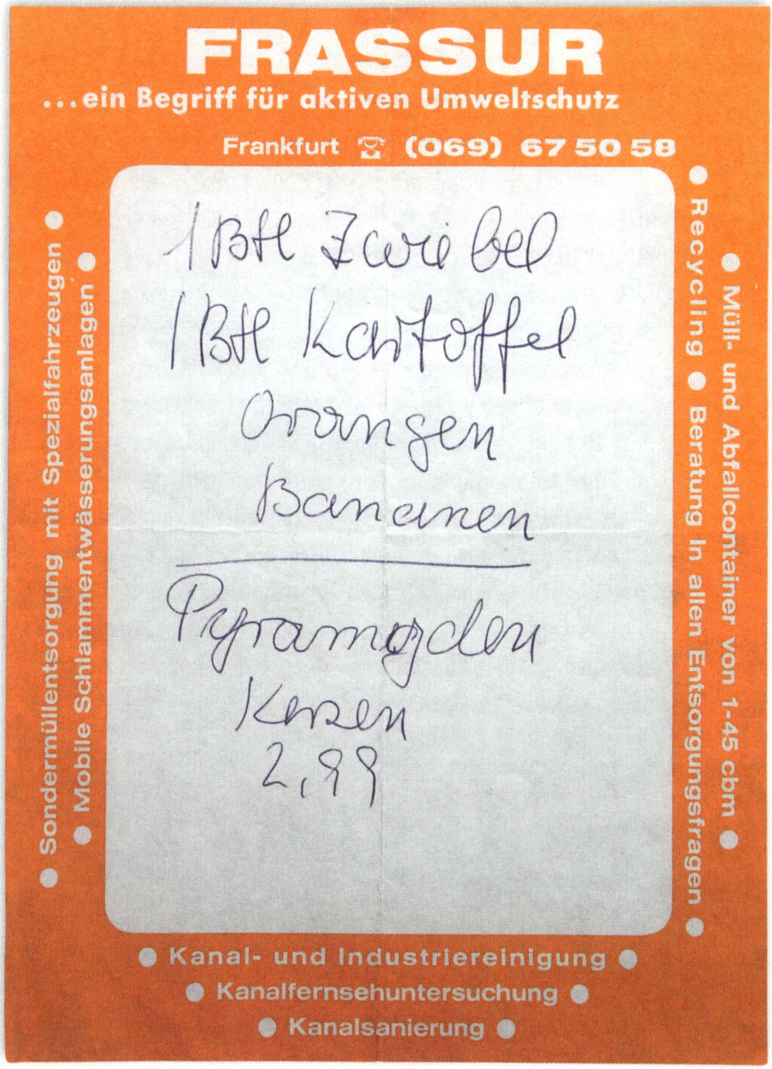

FRASSUR

...ein Begriff für aktiven Umweltschutz

Frankfurt ☎ (069) 67 50 58

1 Btl Zwiebel

1 Btl Kartoffel

Orangen

Bananen

Pyramyden

Kerzen

2,99

● Sondermüllentsorgung mit Spezialfahrzeugen ●

● Mobile Schlammentwässerungsanlagen ●

● Recycling ● Beratung in allen Entsorgungsfragen ●

● Müll- und Abfallcontainer von 1-45 cbm ●

● Kanal- und Industriereinigung ●

● Kanalfernsehuntersuchung ●

● Kanalsanierung ●

NORMALERWEISE STECKT man Einkaufszettel zusammengefaltet in die Tasche. Das Exemplar dieser Dame jedoch prangt auf einem Pappteller. Offenbar hat sie ihn in der Mittagspause auf der Unterlage von Frikadelle oder Sandkuchen notiert, weil sie weder das Papier ihres Arbeitgebers noch Arbeitszeit vergeuden möchte. Ihre Überkorrektheit rührt vermutlich daher, dass sie von Kollegen gemobbt wird. Bereits die geringste Verfehlung dient der verhassten Zimmernachbarin als Anlass, sie beim Chef anzuschwärzen. Als ein Kollege seine Vorliebe für Waldorfsalat erwähnte, sah sie ihre Chance gekommen, für Sympathie zu werben. Spontan erklärte sie sich zur Expertin und kündigte für den nächsten Tag ihren selbstgemachten Waldorfsalat an. Leider hat sie keine Ahnung, was da hineingehört. Wenn sie statt Äpfeln und Sellerie tatsächlich »Geflügel«, »Zucchini«, »Käse« und »Eier« hineinwirft, könnte der kommende Tag für sie zum Desaster werden.

Bildträger: Imbiss-Pappteller **Stift:** blauer Kugelschreiber **Schrift:** rund, instabil **Zustand:** diverse Schmutzflecken **Sortierung:** linksbündig

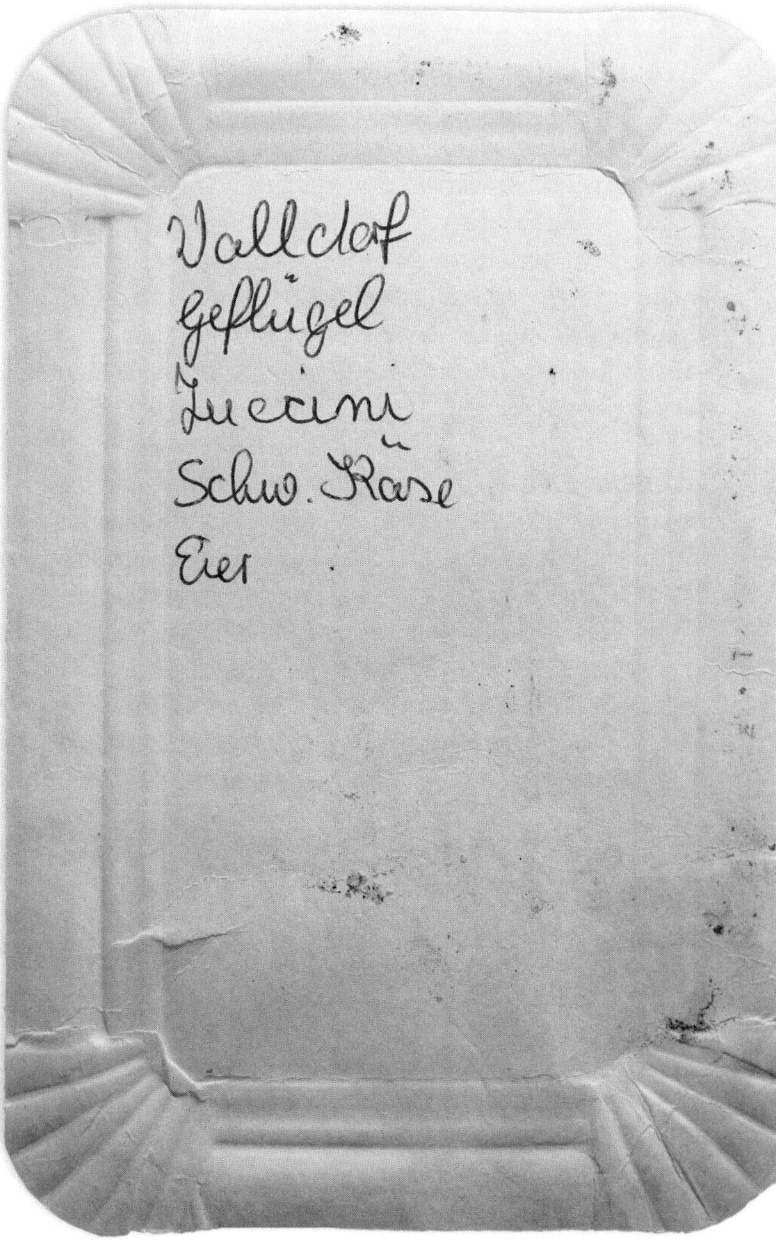
Walldorf
Geflügel
Zuccini
Schw. Käse
Eier

HIER HAT sich ein Verehrer von Joseph Beuys verewigt. Mit seinen Einkaufszetteln, die er beharrlich »Werke« nennt und durchnummeriert, versucht er die fleckige Ästhetik in den Zeichnungen seines Vorbildes zu imitieren. Schließlich hat laut Beuys jeder Mensch das Potential, ein Künstler zu sein. Warum nicht auch dieser Autor? Auf der Kunsthochschule wurde er leider nicht angenommen. Jetzt verteilt er seine »Konzept-Zeichnungen« an Passanten, wobei allerdings nur vereinzelte Kenner die ästhetischen Qualitäten seiner Blätter zu schätzen wissen.

MIT DEN notierten Produkten plant der Zettelschreiber übrigens eine aktualisierte Version der Beuys-Installation »Wirtschaftswerte« von 1980, die Verpackungen von DDR-Waren in Eisenregalen präsentiert, um ein nostalgisch anmutendes Gegenbild zur kapitalistischen Überflussgesellschaft zu erschaffen. Bloß der Name dieses altmodischen Verdickungsmittels will ihm gerade nicht einfallen. »Saga«? Oder doch »Sago«? Wo der Meister wohl immer sein Fett her hatte? Dieser Autor probiert es mit »Linola« Fettcreme.

Bildträger: altweißes Blatt mit Abrisssspuren **Stift:** Bleistift **Schrift:** schwer lesbar **Zustand:** diverse Knicke und Flecken **Sortierung:** chaotisch mit wahllosen Unterstreichungen

FAiL. Limonda

R

Hefe

4 Kaisme

Mais

Vit. Bruhe

Gemüsebrühe

Jog 4,22

1 Milch 2,2

Käse ?

DIESE FRAU hat nicht nur ein überaus schlechtes Gedächtnis. Sie hat auch niemanden, der sich um sie kümmert. Aus der Not heraus führt sie Selbstgespräche und verteilt überall in der Wohnung selbsterstellte Erinnerungsnotizen. Wenn sie also verwirrt in den leeren Kühlschrank starrt, liegt da zum Beispiel ein Zettel mit der Zeile »Gehe doch noch zum Aldi«. Stimmt ja, denkt sie dann, da wollte ich heute einkaufen. Auf dem Fernseher klebt vermutlich ein weiterer Zettel, der mit »Gucke um 20 Uhr Tagesschau« beschriftet ist, und am Bücherregal befindet sich eine Notiz, die in etwa so lauten dürfte: »Lese gerade den aktuellen Roman von Rosamunde Pilcher«.

Bildträger: Blatt vom quadratischen Abreißblock **Stift:** blauer Kugelschreiber **Schrift:** altertümlich, mit erheblichen Lücken zwischen den Zahlen und Worten **Zustand:** leichte Knitterspuren **Sortierung:** linksbündig mit Kommata

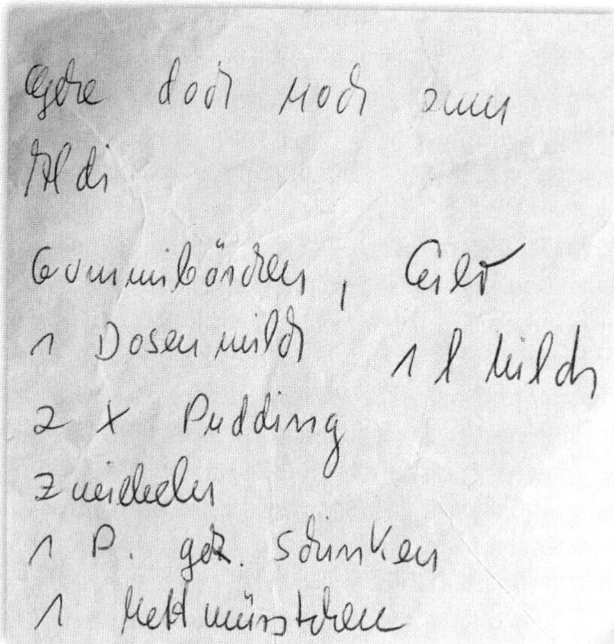

Gehe doch noch zum
Aldi

Gummibärchen, Geld
1 Dosenmilch 1 l Milch
2 x Pudding
Zwieback
1 P. gek. Schinken
1 Mettwürstchen

DIE ANORDNUNG der Produkte auf diesem dänisch beschrifteten Einkaufszettel ist mehr als ungewöhnlich. Sie erinnert an ein Silbenrätsel. Auch die Zahlen lassen auf einen Rätselfan schließen, wenngleich es den siebten Buchstaben von »Juice« (Saft) genauso wenig gibt wie den sechsten von »Agurk« (Gurke). Könnte es sich um Mengenangaben handeln? Eher nicht. Vermutlich hat hier jemand eine möglichst raffinierte Methode gesucht, die Geheimzahl seines Girokontos unauffällig im Portemonnaie herumtragen zu können und ist dabei übers Ziel hinausgeschossen. Ein Einkaufszettel mit dänischen Produkten, der gleichzeitig wie zwei unterschiedliche Rätsel aussieht, ist schlichtweg unglaubwürdig. Auch in anderen Bereichen des Lebens neigt dieser Autor zu Übertreibungen, die alles verderben. Bei einer Essenseinladung präsentiert er ein kulinarisches Durcheinander aus schwedischen, argentinischen und kreolischen Spezialitäten, und seine neue Flamme bedrängt er bereits am dritten Abend mit einem Heiratsantrag.

Bildträger: abgerissener Streifen eines dänischen Postbelegs, rückseitig verwendet **Stift:** blauer Kugelschreiber **Schrift:** stellenweise verkrampft **Zustand:** leichte Knitterspuren, fleckig **Sortierung:** in zwei Reihen mit Gedankenstrichen

Sukker - Juice - Æg - Mælk - Agurk - Tomat - Sellerí
6 7 6 10

Sekundlim - Gulerödder - Lóg - Calgon

HALS ÜBER Kopf hat sie mit Hund und Baby ihren Mann verlassen. Jetzt muss sie alles neu kaufen, vom »Thymianblättchen« bis zum »Haarlack«, vom »Zwirn« bis zum »Blumenstock«. Soll er doch die quietschsüße Quittenmarmelade von seiner Mutter essen, bis sie ihm zu den Ohren herauskommt. Sie kauft sich endlich ihr eigenes »Erdbeergelee«. Und »Pflümli«. Und »Nusspli« und zwar so viel sie will. Keiner soll sie mehr daran hindern, ihren Vorratsschrank mit drei Gläsern »Remoulade« vollzustellen, mit »Würstchen«, »Frikadellchen«, »Naschzeug« und »Leckerli«. Und wenn sie ihrem Hund partout »Käse« kaufen will, dann tut sie das künftig auch. Nur eines muss der Idiot noch herausrücken: die grüne »Rührschüssel«, die sie von ihrer Oma geerbt hat.

Bildträger: DIN-A4-Blatt, beidseitig beschriftet **Stift:** blauer und schwarzer Kugelschreiber **Schrift:** kippt rechts nach oben – ein Hinweis auf große Hoffnungen an die Zukunft **Zustand:** leichte Knitterspuren, in der Mitte zweimal gefaltet **Sortierung:** zwei Kolonnen, linksbündig

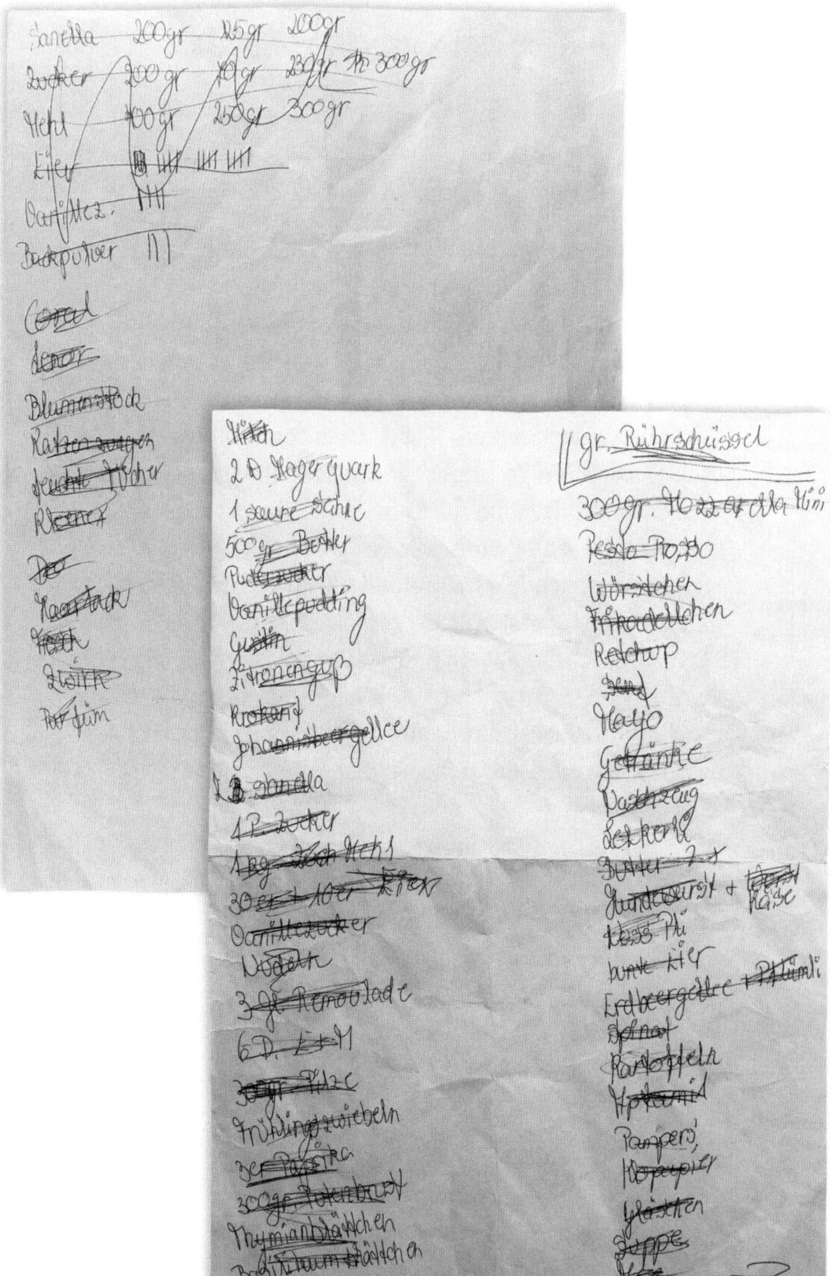

Sanella 200gr 125gr 200gr
Zucker 200gr 230gr 300gr
Mehl 100gr 250gr 300gr
Eier
Backpulver
Blumenstock
Parfüm
2 P. Magerquark
1 saure Sahne
500gr Butter
Puderzucker
Vanillepudding
Zitronenguß
Krokant
Johannisbeergelee
Vanillezucker
Nudeln
3 gl. Remoulade
Frühlingszwiebeln
Thymianblättchen
Basilikumblättchen
gr. Rührschüssel
Würstchen
Frikadellen
Ketchup
Mayo
Getränke
Waschzeug
Leckerli
Käse
Erdbeergelee
Kartoffeln
Pampers
Klopapier
Suppe

FRÜHER HAT sie sich wegen ihres Tourette-Syndroms kaum unter Menschen getraut, doch jetzt scheint sie das Problem im Griff zu haben. Sie kann Straßenbahn fahren, ohne dem Drang nachzugeben, Schimpfwörter zu brüllen. Und dass sie das letzte Mal einer Kassiererin unbeabsichtigt Obszönitäten an den Kopf geworfen hat, ist auch schon mehrere Monate her. Irgendwie hat sie es geschafft, die Krankheit umzulenken. Statt öffentlich schlimme Ausdrücke zu rufen, schreibt sie einfach immer mal wieder »Hack« oder »Hugendubel« auf ihren Einkaufszettel, und schon ist der Anfall vorbei. Manchmal funktioniert es auch mit einem forsch aus der Kolonne nach rechts ausbrechenden »Asbach«. Jetzt will sie ein Fest feiern, mit »Fondue«, »Eiskonfekt« und nagelneuen »Gläsern«, zu dem sogar die zukünftigen Schwiegereltern eingeladen sind. Und wenn ihr dann doch mal ein aggressiv geschrienes »Hack« herausrutscht, sehen die sicher entspannt darüber hinweg.

Bildträger: Hälfte einer Auftragsbestätigung der Targo-Bank, rückseitig verwendet **Stift:** Bleistift **Schrift:** gerade Zeilenführung mit erheblichen Schlenkern an der Seitenkante **Zustand:** diverse Falt- und Knickspuren, Flecke **Sortierung:** zwei Kolonnen, linksbündig, aber unstet

Wein
Wasser
Fondue bestellen
saure Gurken
Brot
Butter
Ramuhel
Joghurt
Gshonfelt
Appelicth Cipers
Woche zur
Gläser
Hugendubel
Asbach
Äpfel
Mittagessen
Hack
Tilmann
etw. für Salat
Kräuter
Hugendubel

Gelatine
Zitrone
2 Eier
125 ml Sahne
+ Sahne
Erbsen
Suppengrün
Hack

HIER SCHREIBT ein selbstverliebter Schöngeist, dessen stolz aufragende Schrift nicht nur gewisse Eigenheiten verrät (man beachte etwa das große B bei »Bier« oder die fehlenden T-Striche bei »Futter«), sondern auch von ausgeprägter Eitelkeit zeugt. Nicht nur mit seinem Ernährungsfimmel (»Müsli«, »Gemüse«, »Salat«) geht er seiner Familie gehörig auf den Wecker. Er lässt auch keine Gelegenheit aus, sein Umfeld mit seinen Lateinkenntnissen zu nerven. Dass man statt »Rubus odoratus« auch einfach Zimt-Himbeere sagen könnte, kommt ihm gar nicht erst in den Sinn. Früher stand er im weißen Kittel hinter dem Tresen seiner Apotheke und imponierte der Kundschaft mit seinen Fachkenntnissen. Seit seiner Pensionierung sitzt er stundenlang vor dem Computer und tummelt sich in Garten- und Ernährungsforen, wo er harmlose Hobby-Köche und Laien-Gärtner mit seinen Belehrungen bombardiert. Er scheint allerdings zu ahnen, dass ihn keiner mehr richtig ernst nimmt – zumindest wirbt sein Einkaufszettel für ein Medikament, das zur Behandlung von depressiven Erkrankungen und Angststörungen eingesetzt wird.

Bildträger: gelbes Blatt vom Werbeblock mit Aufdruck »Zoloft – Denn das Leben hat noch viel zu bieten« **Stift:** blauer Kugelschreiber **Schrift:** manieriert mit hohen Buchstaben **Zustand:** leichte Knickspuren **Sortierung:** linksbündig mit Gedankenstrichen

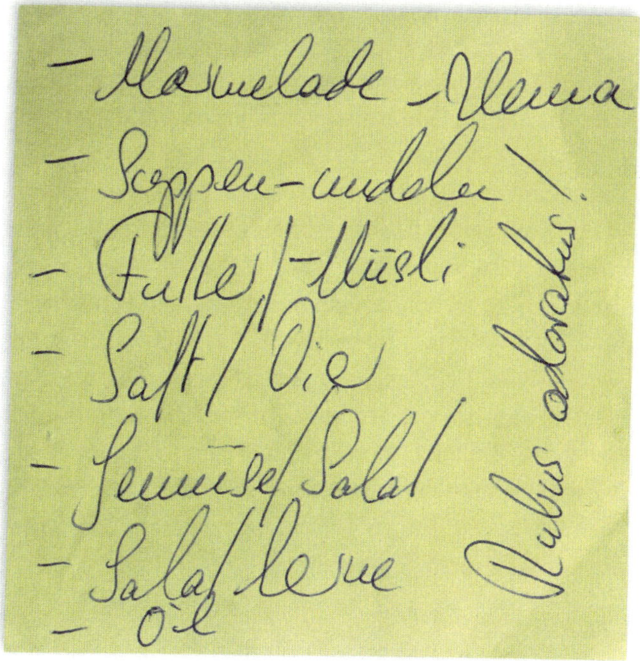

– Marmelade – Menna
– Suppen-nudeln /
– Futter/-Müsli
– Saft / Öle
– Gemüse/Salat/
– Salatcreme
– Öl
Rubus odoratus!

DIESER JUNGE Mann kann sich einfach nicht durchsetzen. Er ist schüchtern, unentschlossen und traut seinen eigenen Wünschen nicht. Die winzige Schrift zeugt von mangelndem Selbstbewusstsein, womöglich auch davon, dass er mit seiner deutschen Herkunft hadert und gerne ein anderer wäre. Seit Jahren schon träumt er davon, möglichst weit weg zu ziehen, an einen Ort, an dem Schüchternheit und Zurückhaltung nicht als Charakterschwäche ausgelegt werden. Am liebsten nach Asien. Dumm nur, dass er mit seinem Japanologie-Studium seit zwölf Semestern nicht so recht vorankommt. Wenn er nicht mal weiß, wie Reis oder »Fischladen« in der Landessprache heißen, wird er die Auswanderung wohl noch aufschieben müssen. Insgeheim ist ihm das gar nicht so unrecht.

Bildträger: weißes Blatt vom Abreißblock **Stift:** blauer Kugelschreiber **Schrift:** winzige Druckbuchstaben, abwechselnd deutsch und japanisch **Zustand:** mittig gefaltet, Abriebspuren **Sortierung:** linksbündig mit Gedankenstrichen

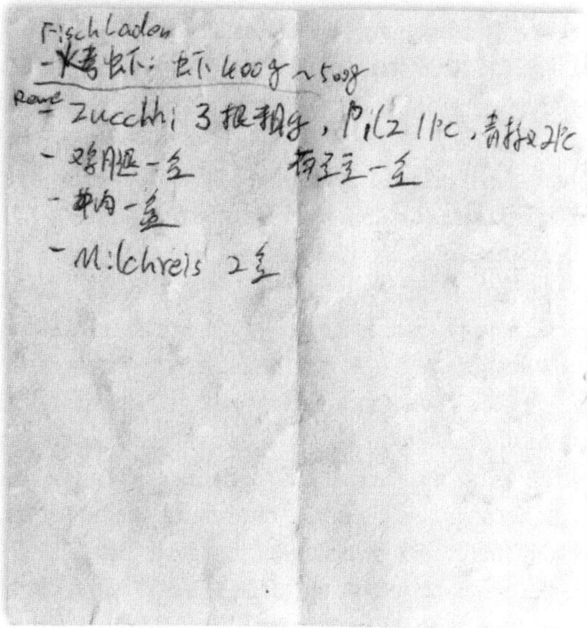

Fischladen
- 基围虾：虾 400g ~ 500g

- Zucchini 3根 粗的，Pilz 1pc，青椒 2pc
- 鸡腿一盒　　猪蹄一盒
- 牛肉一盒
- Milchreis 2盒

DIESE FRAU ist vom Schmutz besessen. Überall wittert sie Flecken und Keime. Ihr gesamtes Dasein hat sie der Mission Dreckentfernung gewidmet. Weshalb sie ständig »Salz« benötigt (gegen Rotweinflecken), »Kleenex« gegen Hautunreinheiten, »Zewa«, um die Tische zu säubern, »Zitrone« gegen Rost- und Deoflecken, »Gallseife« gegen Fett-, Blut- und Obstflecken und zur Sicherheit noch eine Anstaltspackung »Fleckensalz« für all den Schmutz, den man nicht sieht, der aber trotzdem da ist. Zu Hause stapeln sich bereits Wundermittel wie Vanish Oxi Action, Acè oder Dr. Beckmanns Fleckenspray, doch den gefühlten Dreck wird sie einfach nicht los. Ein gelber Post-it-Block, den ihr Mann ihr aus dem Schreibwarenladen mitgebracht hat, ist ihrem Wahn bereits zum Opfer gefallen: Die Farbe hat sie an Urin erinnert. Sie akzeptiert allenfalls Hellblau, das kommt ihr irgendwie hygienischer vor. Seit allerdings die Schutzfolie ab ist, kann sie regelrecht fühlen, wie sich täglich mehr Staub und Bakterien auf dem Zettelblock ansiedeln. Gerne würde sie in einer Therapie ihre Probleme erörtern. Nur leider hat bisher keine Einrichtung ihren hygienischen Standards genügt.

Bildträger: blauer Post-it-Zettel **Stift:** schwarzer Kugelschreiber, schwarzer Faserschreiber **Schrift:** manisch, unruhig **Zustand:** diverse Schmutz- und Abriebspuren **Sortierung:** größtenteils linksbündig

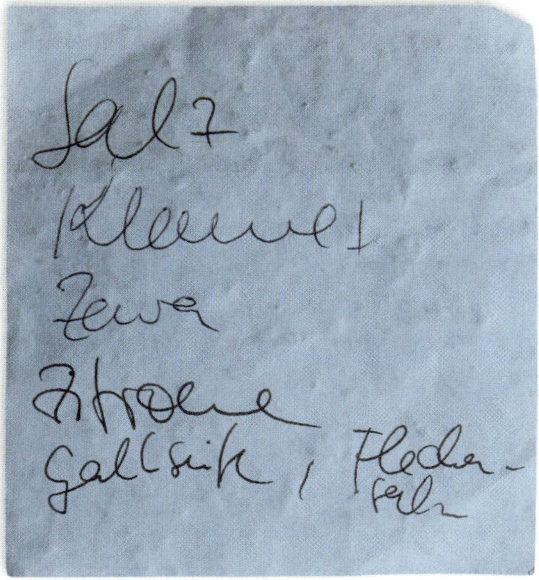
Salz
Klammer
Zewa
Zitrone
Gallseife, Flecken-
seife

SÄMTLICHE ZUTATEN sprechen für die generalstabsmäßige Planung eines Besäufnisses. Aber natürlich ist diese Frau alles andere als eine Quartalstrinkerin. Dagegen sprechen die ordentliche Schrift und akkurate Zusätze wie »frisch, groß« oder »0,7«. Vermutlich handelt es sich um eine Büroangestellte um die 50, die einfach mal ausprobieren will, wie es so wäre, aus den gewohnten Bahnen auszubrechen. Allerdings wirkt das Unternehmen ein wenig zögerlich und unerfahren, zumal die wichtigste Zutat – der Alkohol – ganz am Ende steht. Helfen »Austern« wirklich gegen Kater? Wird sie tatsächlich »6 Rollmöpse« herunterkriegen? Wahrscheinlicher ist, dass sie nach drei Gläsern Schnaps vor dem Fernseher einnickt und die Rollmöpse an einem der folgenden Tage im Müll landen.

Bildträger: pinkfarbenes Blatt vom Abreißblock **Stift:** schwarzer Kugelschreiber **Schrift:** klein und akkurat **Zustand:** vertikaler und horizontaler Knick in der Mitte **Sortierung:** linksbündig

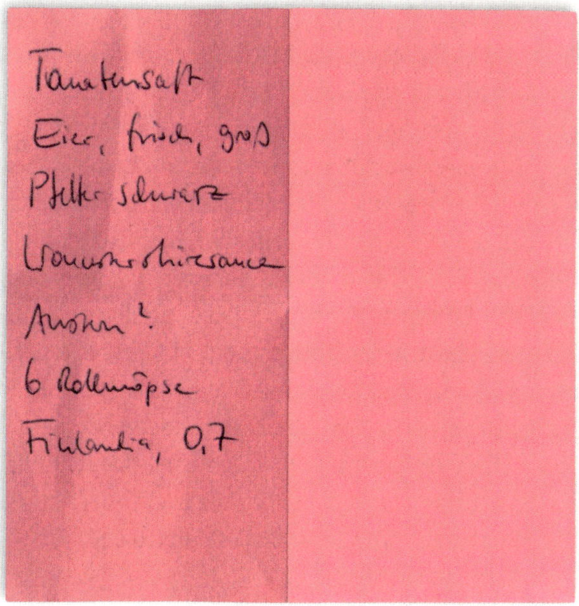
Tomatensaft
Eier, frisch, groß
Pfeffer schwarz
Worcestershiresauce
Austern?
6 Rollmöpse
Finlandia, 0,7

DIESER AUTOR liebt klare Strukturen. Jegliche Art von Unordnung ist ihm ein Graus. Seine Einkaufszettel schreibt er am Computer mit automatisiertem Rechtschreibprogramm. Die kleine Schrift spricht für äußerste Präzision, aber auch für eine gewisse Kleinkariertheit. Vermutlich handelt es sich um einen rechthaberischen Architekten, der ein Grillfest zur Einweihung seines selbstentworfenen Eigenheims plant. In seiner Küchenschublade finden sich bereits detaillierte Entwürfe für statisch perfekt konstruierte Hamburger und Fleischspieße. Schade nur, dass seine Lebensgefährtin weder beim Fest dabei sein noch wie geplant in das neue Haus einziehen wird. Ihre respektlose Ergänzung seines Einkaufszettels hat ihm klargemacht, dass sie nicht zueinanderpassen. Was bitte hat »Marmelade« auf seiner Grillfest-Liste zu suchen?

Bildträger: schmaler Streifen von weißem DIN-A4-Blatt **Stift:** kleine Computerdruckschrift und Bleistift **Schrift:** anonymer Druck **Zustand:** zahlreiche Knicke **Sortierung:** eine Spalte in der Mitte

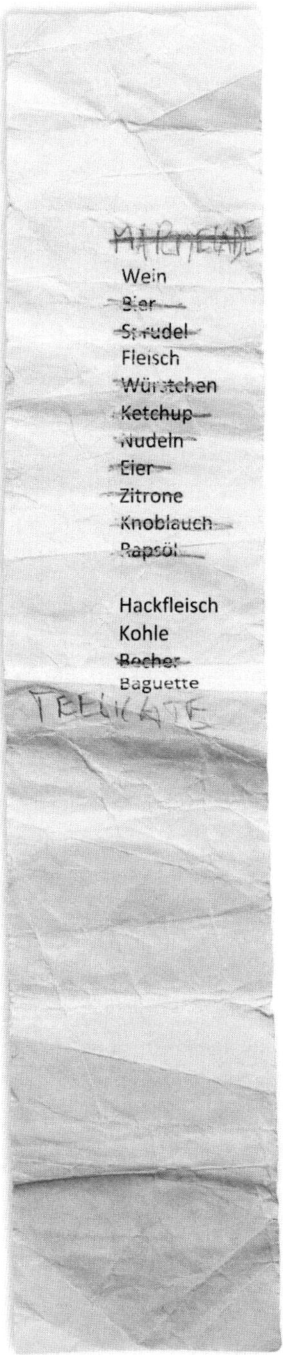
~~MARMELADE~~
Wein
~~Bier~~
~~Sprudel~~
Fleisch
~~Würstchen~~
~~Ketchup~~
~~Nudeln~~
~~Eier~~
~~Zitrone~~
~~Knoblauch~~
~~Rapsöl~~

Hackfleisch
Kohle
~~Becher~~
Baguette
TEELICHTE

HIER TESTET ein unerschrockener Teenager seine Grenzen aus. Natürlich weiß diese Göre sehr genau, dass weder Vater noch Mutter ihre dreiste Anweisung (»Bitte ALLES mitbringen!!!«) erfüllen werden. Schließlich steht außer ungesundem Quatsch und einer relativ harmlosen Waffe auch noch ein Werkstoff drauf, den man aufsässigen Heranwachsenden ganz gewiss nicht zum Gebrauch überlassen will, weil sie damit womöglich ihre Lieblingsbarbie auf die Kühlerhaube des Familienautos kleben wollen oder Schlimmeres. Allerdings müssen sich die Eltern dieses Mädchens nicht allzu viele Sorgen machen. Solange ihr Kind seinen altersgerechten Trotz noch mit einem frechen Einkaufszettel zum Ausdruck bringt, auf dem der einzige Rechtschreibfehler in einem Szenegetränk steckt, ist die Gefahr relativ gering, dass es heimlich Marihuana raucht oder Autos knackt.

Bildträger: orangefarbenes Blatt vom Abreißblock **Stift:** blauer Faserschreiber **Schrift:** leicht instabile Druckschrift **Zustand:** pikobello **Sortierung:** linksbündig mit Aufzählungsstrichen

- Gummibärchen
- Cola
- Kaugummi
- Chips
- Schokolade
- Limo
- Relentless
- Powerrade
- Industriekleber
- Zwille

Bitte
ALLES
mitbringen
!!!

SIE WISSEN nicht, was »Haarmascara« ist? Die Autorin dieser Einkaufsliste weiß es: Eine Art Stift, der im Haar kreischbunte Strähnchen zum Auswaschen hinterlässt. Eigentlich sollte auf diesem Zettel ja nur stehen, was sie für ihren bevorstehenden Umzug in die erste eigene Wohnung dringend benötigt, aber es gibt nun mal Dinge, die zum Wohnen und Wohlfühlen genauso entscheidend beitragen wie ein Internetzugang oder hübsch abgedeckte Herdplatten. Zum Beispiel eine »Fußfeile«. Der bevorstehende Einkauf bei Ikea dürfte allerdings für sämtliche Begleitpersonen zur nervlichen Belastung werden, denn diese junge Dame weiß schlichtweg nicht, was sie will (was sich auch an der unterschiedlichen Neigung der Schrift erkennen lässt). Will sie »Gardinen« vor ihren Fenstern oder »Jalousien«? Braucht sie einen »Teppich« oder bloß eine »Unterlage«? Jemand, der nicht einmal weiß, ob er eigentlich ein »Regal« benötigt (und noch dazu keinerlei Maße von Fenstern und Wänden notiert hat), ist für die Welt jenseits des Kinderzimmers noch nicht gewappnet. Wie soll das erst bei der Berufswahl werden?

Bildträger: DIN-A4-Blatt, gelocht und kariert **Stift:** blauer Kugelschreiber **Schrift:** instabile Druckschrift, mal nach rechts, mal nach links geneigt **Zustand:** mehrfach gefaltet, Knicke **Sortierung:** linksbündig mit Aufzählungsstrichen

- Internet
- O^2

- Ikea
- Gardine / Jalousie?
- Teppich? / Unterlage
- Regal?

- Bioladen
- Wasser
- Hand~~wasch~~seife DM
- Butteröl
- Douglas (Haarmascara)
- Laptop
- Abdeckplatte (4) f Herd
- dopp. seitiges Klebeband

Haushaltspapier
(Fußfeile)

HIER SCHREIBT eine alleinerziehende Mutter, die die Trennung von ihrem Mann offenbar noch nicht verarbeitet hat. Daher tut sie so, als sei die Person mit dem Kugelschreiber eine andere als die mit dem Bleistift, was in Wirklichkeit nicht der Fall ist. Während sie selbst ein Faible für Trendgetränke wie Aperol Spritz und Hugo (daher der »Holunderblütensirup«) hegt, war ihr Exmann verrückt nach »Seelachs Filet«, appetitlich dekorierten Häppchen und poliertem Silberbesteck. Auch die auffällige Trennung von Wörtern, die eigentlich zusammengehören (»Butter milch«, »Toiletten Stein«, »Toast Brot«) weist darauf hin, dass sie sich unbewusst hartnäckig weigert, die Fakten zu akzeptieren. Bei all dem Herzschmerz ist ihr womöglich entgangen, dass ihre Teenager-Tochter (schwarzer Stift) sich als Hooters Girl beworben hat. Sie hat also vor, in Hotpants und tief ausgeschnittenem Top in einem Hamburgerlokal zu kellnern, das berühmt ist für Bedienungen mit ausgeprägtem Sex-Appeal. Für die Aufnahmeprüfung studiert sie bereits eine aufreizende Choreographie mit »Besen« ein.

Bildträger: kariertes DIN-A5-Blatt mit Taxi-Werbung **Stift:** blauer Kugelschreiber, Bleistift, schwarzer Faserschreiber **Schrift:** instabil, mit Trennungen innerhalb der Worte **Zustand:** horizontal gefaltet **Sortierung:** linksbündig, zwei Kolonnen

Sellerie Petersilien
Paprika Butter-milch
Möhren Mayo
Toilettenstein Marinara
Handseife Seelachs Filet
Toast Brot Champignons
1000 Island Ananas
Holunderblüten Sirup Schafs Käse
*Tapasauce (Becher) Paprika
Gorgonzola Käse Gurken
Remoulade Schälchen
Parmesan Käse Polierzeug
~~Aperol~~ Kreidestifte Cole Slaw
Besen (f. Hooters Girls) Palmen
Schirmchen (Deko)

DIESE DAME hat ein äußerst starkes Bedürfnis nach Abgrenzung. Womöglich hat sie längere Zeit in einer größeren Gruppe unter hygienisch ungünstigen Bedingungen leben müssen (ein schäbiger Cluburlaub mit All-inclusive-Buffet und Gemeinschaftsdusche? Ein Hilfseinsatz in der Dritten Welt?). Jetzt würde sie am liebsten einen Maschendrahtzaun zwischen sich und alle anderen Menschen ziehen, damit sie endlich ihre Ruhe hat. Noch immer quält sie die Angst, ein Fremder könnte sich ihrer Zahnbürste bemächtigen, und nach wie vor hat sie das Gefühl, einen schalen Geschmack im Mund zu haben – am liebsten würde sie mit scharfen Reinigungsmitteln gurgeln, aber vorerst behilft sie sich mit Salmiakpastillen. Lebensmittel kauft sie nur noch, wenn sie eingeschweißt oder – wie Fleischwurst – im Ring erhältlich sind. So weiß sie wenigstens, dass zuvor kein anderer daran geleckt oder draufgespuckt hat. Das Notieren von »Abflussfrei« zeigt immerhin, dass die Autorin des Zettels sich nicht völlig von der restlichen Welt abkapseln möchte. Wenigstens ein Rohr nach draußen will sie sich offenhalten.

Bildträger: gelber Post-it-Zettel **Stift:** blauer Kugelschreiber **Schrift:** zielgerichtet, selbstbewusst **Zustand:** pieksauber **Sortierung:** größtenteils linksbündig

1½ Ringe Fleischwurst
blaue Zahnbürste
Abflussfrei
Maschendraht
Salmis

DASS GELD für den Verfasser dieses Schriftstücks eine Rolle spielt, ist offensichtlich. Das zeigt sich nicht nur an der Auflistung der Warenpreise von Lidl, sondern auch daran, dass hier eine kopierte Speisekarte in kleine Vierecke geschnitten wurde, um sie als Notizzettel weiterzuverwenden. Überdies handelt es sich um ein Lokal, das zwar lediglich sieben Pizza-Kreationen im Angebot hat, diese jedoch in drei Größen offeriert. Auch der Zusatz: »Alle Pizzen und Nudelgerichte zum Mitnehmen –,50 € billiger« dürfte für unseren Autoren von größerer Bedeutung gewesen sein als das exzentrische Angebot. Statt Margherita oder Napoli gibt es hier »Germania 2006« oder »Roberto« mit Shrimps und Surimi. Leider hat die Partnerin dieses Herrn von Finanzen ebenso wenig Ahnung wie von Markenprodukten. Völlig unbedarft hat sie »Waschmittel« in die Aldi-Spalte geschrieben, obwohl er doch längst »Ariel« in der Lidl-Kolonne notiert hatte. Manchmal wünschte er sich, er könnte selbst so frei und sorglos in der Welt herumspazieren. Dann versucht er, aus seinen Zwängen auszubrechen und schreibt nassforsch »Nutella« auf den Zettel, einfach irgendwo hin, wo Platz ist.

Bildträger: ausgeschnittener Teil einer Speisekarte vom Pizza-Service, rückseitig verwendet **Stift:** blauer Kugelschreiber **Schrift:** nachlässig **Zustand:** vertikal gefaltet, Knickspuren **Sortierung:** größtenteils nach Läden geordnet

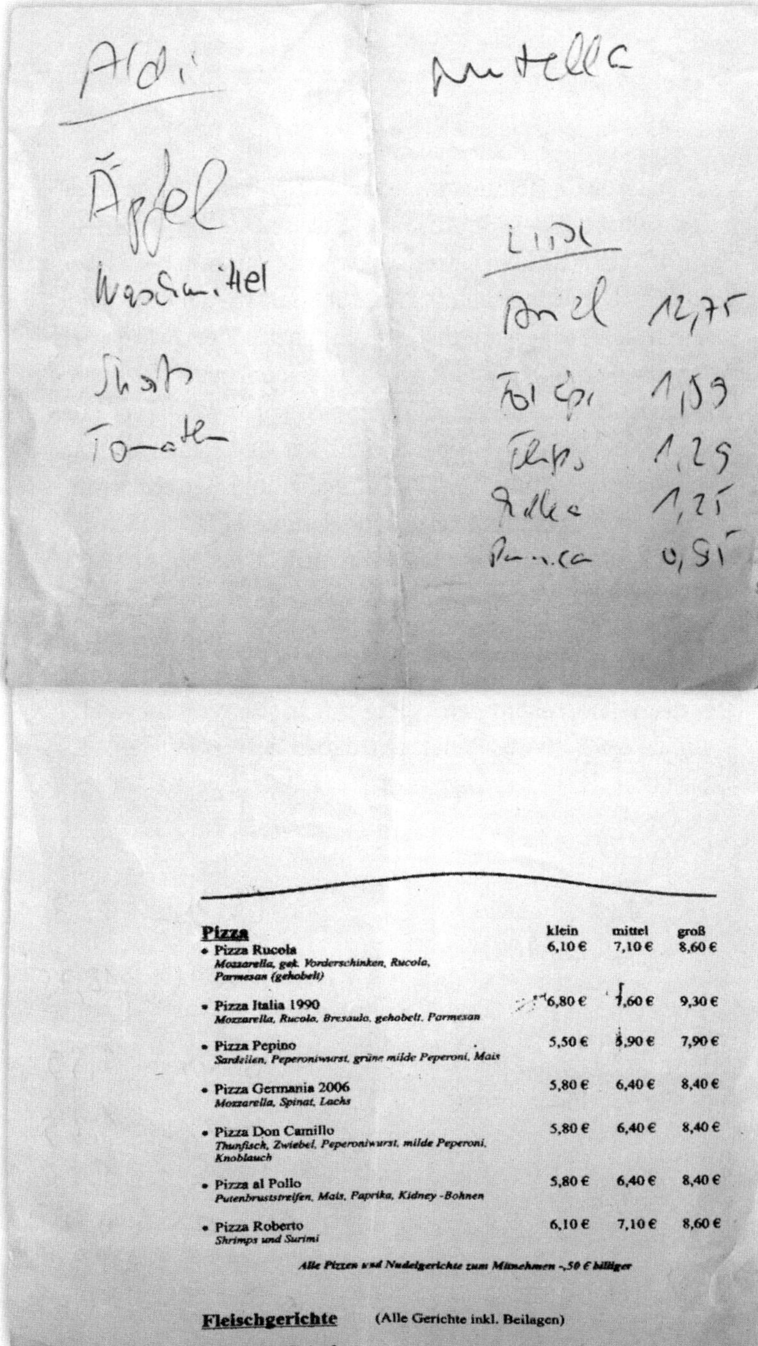

Pizza

	klein	mittel	groß
• Pizza Rucola *Mozzarella, gek. Vorderschinken, Rucola, Parmesan (gehobelt)*	6,10 €	7,10 €	8,60 €
• Pizza Italia 1990 *Mozzarella, Rucola, Bresaola, gehobelt, Parmesan*	6,80 €	7,60 €	9,30 €
• Pizza Pepino *Sardellen, Peperoniwurst, grüne milde Peperoni, Mais*	5,50 €	5,90 €	7,90 €
• Pizza Germania 2006 *Mozzarella, Spinat, Lachs*	5,80 €	6,40 €	8,40 €
• Pizza Don Camillo *Thunfisch, Zwiebel, Peperoniwurst, milde Peperoni, Knoblauch*	5,80 €	6,40 €	8,40 €
• Pizza al Pollo *Putenbruststreifen, Mais, Paprika, Kidney-Bohnen*	5,80 €	6,40 €	8,40 €
• Pizza Roberto *Shrimps und Surimi*	6,10 €	7,10 €	8,60 €

Alle Pizzen und Nudelgerichte zum Mitnehmen -,50 € billiger

Fleischgerichte (Alle Gerichte inkl. Beilagen)

Schweinefleisch

ES HANDELT sich augenscheinlich um das Dokument eines selbständigen Journalisten, dessen rechtsgerichtete Schrift ein deutlicher Ausdruck von Termindruck und Gehetztheit zu sein scheint: Eigentlich müsste ich schon viel weiter sein, sagen die Buchstaben, aber leider muss ja der Scheiß-»Föhn« ausgerechnet jetzt seinen Geist aufgeben. Es ist natürlich auch kein Zufall, dass jemand kurz vor ihm das letzte »Klopapier« verbraucht hat und genau in dem Moment, als er eilig etwas ausdrucken und per »Fax« verschicken will, nicht nur das Gerät spinnt, sondern auch die »Druckerpatronen« leer sind. Vermutlich hat sich einfach die ganze Welt gegen ihn verschworen. Nicht mal ein Kugelschreiber ist zu finden, aber seine Tochter hat ihre Buntstifte ja ohnehin überall herumliegen lassen. Wie immer wird die Pressekonferenz ohne ihn beginnen, und wieder einmal wird er die Redaktion darum bitten müssen, die Deadline für seinen Text noch ein allerletztes Mal zu verschieben.

Bildträger: liniertes DIN-A5-Blatt **Stift:** roter Buntstift **Schrift:** stark nach rechts geneigt **Zustand:** horizontal gefaltet, Knickspuren **Sortierung:** schief untereinander

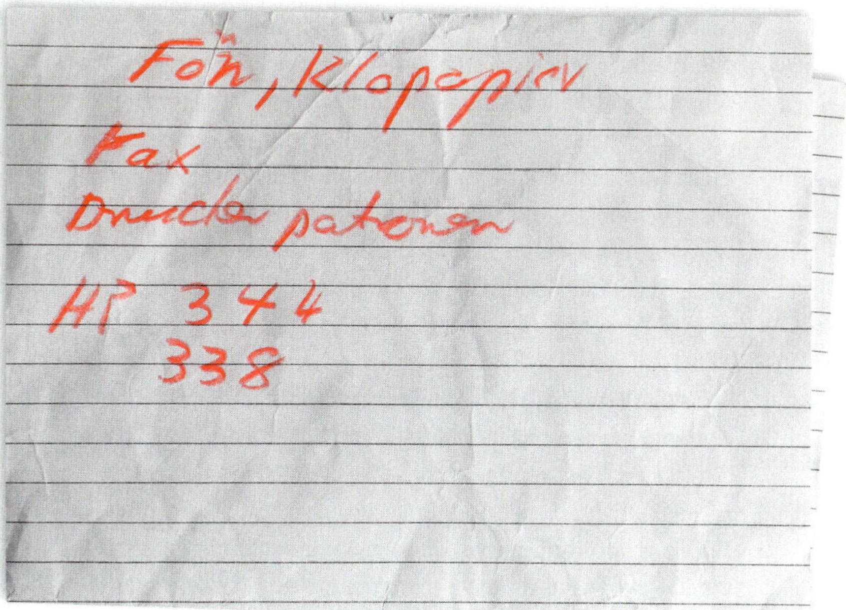

Fön, Klopapier
Fax
Drucker patronen
HP 344
338

VOR EINER Weile hat sie diesen attraktiven Fußballer mit den blauen Klebestreifen auf dem Rücken im Fernsehen gesehen. Dann kam Olympia, und da hatten sie das fast alle. Sportler wissen ja, was gut für den Körper ist, deshalb hat diese Autorin sich gleich im Internet erkundigt: verspannter Rücken, Tennisarm, Nackenschmerzen, Muskelfaserriss – eigentlich alles soll durchs Tapen besser werden. Kann aber eine Weile dauern, sagte die Dame vom Callcenter, und dass es besser sei, man habe immer ausreichend von diesem »Kinesiotape« im Haus. Phantastischerweise hatte sie für besonders sympathische Kundinnen sogar ein Tape-Abo im Angebot: Tapen so viel man will, so lange man kann. Nach der ersten Bestellung kommt die Kleberolle automatisch lebenslang ins Haus. Der Preis erscheint nur beim ersten Hören exorbitant hoch. Wenn man ihn auf die nächsten vierzig Lebensjahre hochrechnet, hört er sich geradezu lächerlich klein an. Am besten räumt sie gleich mal den Badezimmerschrank für das Tape frei. Die Großpackung Nasenpflaster kann schon mal weg. Hat ja gar nichts genützt.

Bildträger: Klebezettel mit Werbeaufdruck des Homöopathiemittel-Herstellers Hevert **Stift:** blauer Kugelschreiber **Schrift:** linkslastig **Zustand:** Knickspuren **Sortierung:** keine

Mediaid

1x Mediaid Kinesiotape
schwarz

wird kostenlos nachgeliefert
nicht berechnen!!

29.12.11

WARUM, DACHTE sich dieser Herr, als er in seinem Luxusressort auf Kreta den perfekten Meerblick genoss, warum kann der Urlaub nicht 365 Tage dauern? Und wenn man schon unbedingt wieder zurück ins triste Deutschland muss, warum ist dort alles so hässlich? Und weil er sich für einen Mann der Tat hält, nahm er sogleich den Block und den kleinen Bleistift vom Nachttisch und überlegte, wo er zu Hause überall Hand anlegen müsste, damit das Leben auch dort ein wenig unbeschwerter sein würde. In der Küche wollte er anfangen. Eine »Vlies-Tapete« mit mediterranen Ornamenten, neue Arbeitsflächen und eine funktionstüchtige Waschmaschine würden das Leben gleich viel angenehmer erscheinen lassen. An die Zimmerdecke wollte er den kretischen Sternenhimmel sprühen. Leider ging der Zettel verloren, als erst ein kleiner Teil der Werkstoffe besorgt war. Kurz darauf geriet das Projekt in Vergessenheit.

Bildträger: Hotelblock mit Aufdruck »elounda bay palace«, beidseitig benutzt **Stift:** Bleistift **Schrift:** groß und forsch **Zustand:** mittig gefaltet, Schmutz- und Abriebflecken **Sortierung:** linksbündig mit Gedankenstrichen

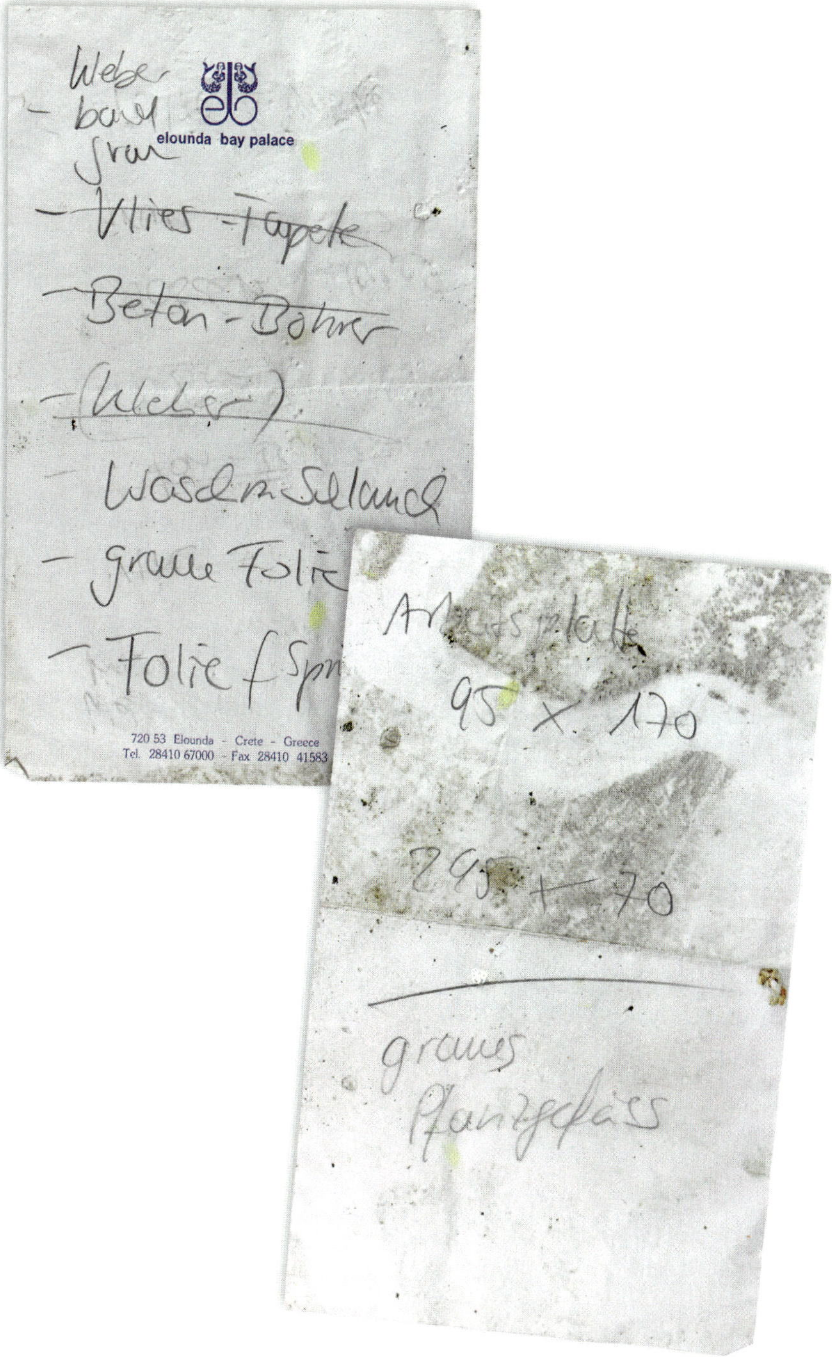
Weber
– bau
grau
elounda bay palace
– ~~Vlies-Tapete~~
– ~~Beton-Bohrer~~
– ~~(Weber)~~
– Waschm.-Schlauch
– graue Folie
– Folie f Spr
720 53 Elounda - Crete - Greece
Tel. 28410 67000 - Fax 28410 41583

Arbeitsplatte
95 x 170

245 x 70

graues
Pflanzgefäss

DIESE DAME hält sich gern bedeckt. Ob sie das »Geld« von der Bank holen oder einzahlen will, verrät ihr Einkaufszettel genauso wenig wie Details zu dem anstehenden »Umtausch« bei »Karstadt«. Und wer würde vermuten, dass sich hinter der nüchternen Zeile »Berger 288« ein Hinweis auf eine »Wimpern Lounge« in der Berger Straße 288 in Frankfurt verbirgt, in der Verlängerungen mit Seiden- und Nerzwimpern für 190 Euro angeboten werden? Sichtlich unangenehm scheint der Autorin auch ihre Körbchengröße zu sein, die sich aus der hauchdünn notierten Bleistiftzeile »BH Triumpf 75A« ergibt. Offenbar legt diese Dame wert auf eine mondäne Fassade, auf ein Glamourambiente mit stilvollen »Madonnenlilien« und reichlich »Geld«. Dass sich dahinter massive Komplexe verbergen, entdeckt nur, wer sehr genau hinschaut.

Bildträger: gelber Zettel **Stift:** blauer Faserschreiber, Bleistift **Schrift:** hektisch **Zustand:** Flecken und Abriebspuren **Sortierung:** linksbündig

Waage
Geld!
Kurstadt Umtausch
Berger 288
Madonnenlilie

AP Drumpf 75A
Sag's einem
[illegible]

DIE DRAMATISCH nach unten absackende Schrift beweist: Hier schreibt eine leidenschaftliche Pessimistin mit einer ausgeprägten Lust am Scheitern. Eine Frau, die ganz genau weiß, dass alles, was sie in Angriff nimmt, definitiv schief gehen wird. Damit ihr keiner nachsagen kann, sie habe ihr Dauer-Pech selbst provoziert, versucht sie sich nach allen Seiten abzusichern und notiert bewusst schonendes Haarspray für strapaziertes Haar, pflegend-weiche Papiertaschentücher und hygienisch abgepackte Weißwurst. Doch sie kann machen, was sie will: Die Haare kriegen trotzdem Spliss, die Nase wird wund sein, wie immer, und an den Weißwürsten wird sie sich garantiert den Magen verderben. Vermutlich kriegt sie sogar von harmlosem »Wasser« noch Durchfall. Ein typischer Fall von selffulfilling prophecy. Insgeheim nämlich gefällt sich die Dame in ihrer Opferrolle und spaziert offenen Auges Richtung Abgrund. Warum sollte sie sonst versuchen, Worte an den Zettelrand zu quetschen, die dort garantiert nicht hin passen? Allmählich jedoch geht sie ihrem Umfeld mit ihren weinerlichen Schilderungen von Katastrophen-Urlauben, Beziehungs-Fehlschlägen und körperlichen Malaisen mächtig auf den Keks.

Bildträger: weißer Papierfetzen **Stift:** blauer Kugelschreiber **Schrift:** sackt nach unten weg **Zustand:** zahlreiche Knicke und Schmutzspuren **Sortierung:** linksbündig

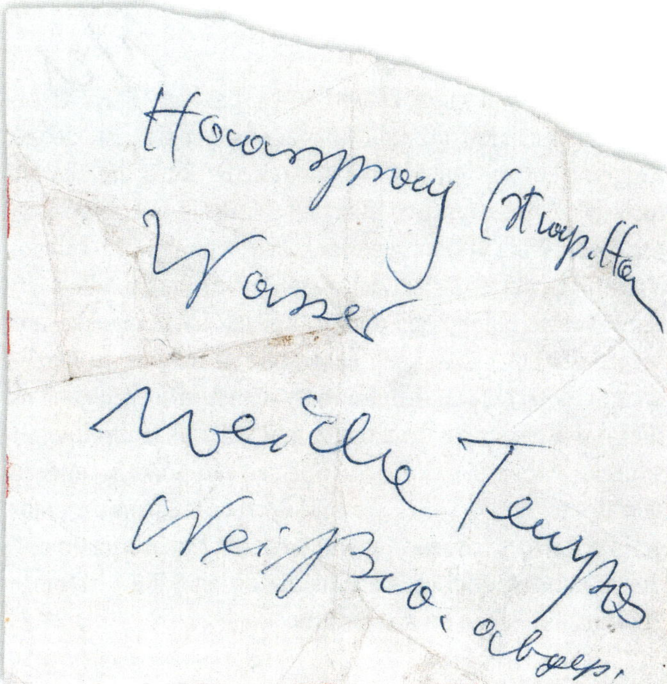
Hocasprau (Kurz. Hau
Wasser
Weiße Tempo
Weißwo. abgesp.

SIE FÜHRT ein fades Leben. Eines, das von Banalitäten wie »Milch«, »Kartoffeln«, »Bananen« geprägt ist. Jeden Morgen geht sie im grauen Kostüm ins Büro, bearbeitet Anträge und Akten, und abends schläft sie mit Apfelspalten und stillem »Wasser« vor dem Fernseher ein. Insgeheim allerdings träumt sie schon lange davon, dass endlich ein Prinz vorbei galoppiert kommt, der sie im Damensitz auf sein zierliches »Rösschen« hebt und mit ihr in sein herrliches Schlösschen im Grünen reitet. Statt »Wasser« gäbe es hier nur allerfeinste Direktsäfte und statt »Kartoffeln« mit »Speck« würde sie exotische Speisen aus fernen Ländern verzehren, zum Beispiel »Pesto«. Doch so lange es ihr nicht gelingt, sich von ihren inneren Barrieren freizumachen und die Klammern endlich wegzulassen, bleibt die erträumte Zukunft ein Leben im Konjunktiv.

Bildträger: grüner Zettel **Stift:** schwarzer Kugelschreiber **Schrift:** belanglos **Zustand:** diverse Knicke **Besonderheiten:** Klammern und Punkt **Sortierung:** linksbündig

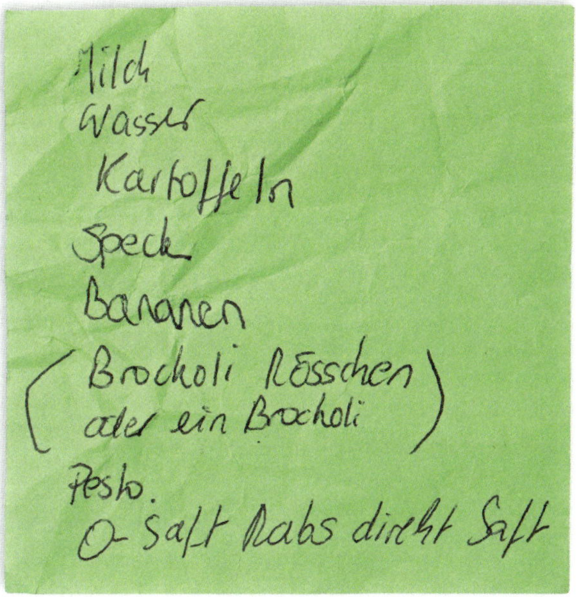
Milch
Wasser
Kartoffeln
Speck
Bananen
(Brocholi Rösschen
oder ein Brocholi)
Pesto.
O-Saft Rabs direkt Saft

Dank

ICH DANKE Karsten Bott und all den namenlosen Autoren, die mich mit ihren subtilen Botschaften, obskuren Notizen und poetischen Ergüssen inspiriert haben.